宇宙

丁成——著

孟繁华　张清华/主编

情感共同体
80后作家大系

山东文艺出版社

图书在版编目（CIP）数据

宇宙 / 丁成著 . -- 济南：山东文艺出版社，2024.
（情感共同体·80后作家大系 / 孟繁华，张清华主编）.
ISBN 978-7-5329-7195-4

Ⅰ．I227

中国国家版本馆 CIP 数据核字第 2024152BB1 号

宇宙
YUZHOU

丁成　著

主管单位	山东出版传媒股份有限公司
出版发行	山东文艺出版社
社　　址	山东省济南市英雄山路 189 号
邮　　编	250002
网　　址	www.sdwypress.com
读者服务	0531-82098776（总编室）
	0531-82098775（市场营销部）
电子邮箱	sdwy@sdpress.com.cn
印　　刷	肥城源盛印刷有限公司
开　　本	620 毫米 ×1000 毫米　1/16
印　　张	15
字　　数	190 千
版　　次	2024 年 7 月第 1 版
印　　次	2024 年 7 月第 1 次印刷
书　　号	ISBN 978-7-5329-7195-4
定　　价	52.00 元

版权专有，侵权必究。如有图书质量问题，请与出版社联系调换。

总序
80后：一个情感共同体

孟繁华　张清华

"情感共同体"，是新近兴起的历史学流派——情感史研究的概念。这个历史学研究流派被称为史学研究的新方向，它在考量客观事实的同时，还关注到人的道德、行为、信仰与情感等因素。美国学者苏珊·麦特和彼得·斯特恩斯指出，对情感的研究改变了历史书写的话语——不再专注于理性角色的构造，而情感研究已有的成果已经让史家看到，不但情感塑造了历史，而且情感本身也有历史。当然，研究历史与情感的关系和研究文学与情感的关系，是完全不同的两回事。借助历史研究的"情感共同体"概念，意在说明，这个共同体是一个真实的存在，而并非空穴来风。

将80后作家群体看作一个"情感共同体"，当然也只是一个比喻，一如我们此前将70后看作"身份共同体"一样。任何比喻都是有欠缺的，但可以将比喻对象更形象地呈现出来。另一方面，即便是80后本身，他们也从不同的方面将作家看作一个"共同体"。80后有代表性的批评家杨庆祥，写了《80后，怎么办》一书，引起很大反响，特别是在80后群体中，反响更强烈。张悦然说："十年前80后主要是一种反叛形象，主要写的是叛逆青春,那时候的80后肯定不需要《80后,怎么办》这本书。但是到了现在,变化非常大。我的问题在于,这代人是不是变得太快了一点,好像青春结束得太早了一点,一下子就进入了一种很委顿的中年的状态里面。正是在这样快速的消失当中,我们这一代人需要停下来审视自己。"由此可见,杨庆祥的困惑切中了一代人的思想脉络。他书中提出的问题,比如"失败的实感""历史虚无主义""抵抗的假面""沉默的'复数'""从小资产阶级梦中惊醒""我们这一代没有真正的青春""我依然属于弱势群体""能够受到一些公平的待遇就可以了"等,因有极大的"共情性",而受到了同代人的关注。这是80后内部对"情感共同体"认同的一个佐证。但无论如何,杨庆祥还比较客观。他终究还认为"我们是比50后、60后和70后更幸福的一代人"。这当然是另外一个话题。

在现代社会里,每个人都是当然的单个主体,但每一代人也必定有某种共性,虽然这共性也是被建构和解释出来的。80后的共性是什么?也许很难说清楚,杨庆祥的阐释或许也不能说服所有人。要想为他们找一个最大的"公约数",确乎很难。但是,从某种意义上来说,这一代人有着相似的文化与社会境遇,却是事实。这种境遇在我们看来,或许就是一种历史的"错位感"与"迟到感"。他们成长的阶段,刚好是中国社会迅猛变革与走向市场化的年代,他们的童年与青春时代,经历了中国社会价值观的剧烈转换;而等到他们长成的时候,中国的社会已历经世纪之交,进入了一个阶层逐渐固化、机遇相对减少的时期。相对优越的成长环境、比较早地受到关注,与成年后的某种失落之间的落差,带给了这一代人特有的困惑与迷茫。

从这个意义上,与其说他们是一个"情感共同体",不如说是"经验共同体",只是这样说不够清晰和强烈而已。要想说得有效,而不只是"求正确"的话,那么"情感共同体"是一个必要和不得已的强调。但是须知,在情感体验与情感表达之间,也同样存在着巨大的差异,人的个性差异在文学表达中,尤其有决定性的作用,更何况,人所表达的情感,也未必是他内心感受到的真情实感。所以,从根本上说,即便是同代人,他们的创作也未必在同一个声音频道里。因此,恰是这些相同和差异,一起构成了这代人的整体特征。我们必须承认,现在我们讨论的80后作家,与刚刚出道时的80后作家已经非常不同。对那时的80后作家,社会和文学界都有不一样的看法,比如有的人认为,他们过早地被市场裹挟和被书商包装了,他们没有经历上几代作家所经历的那些制度性的历练,所以在他们之中也就"看不到跟经典写作接轨的作者"。同时还有一种看法,就是他们除了书写个人成长经验之外,很难进行真正的"创作",对社会问题和社会公共事务还不具备处理的能力。

然而时过境迁,经过十多年的锤炼和努力,以及社会不同方面的合力培育,现在的80后已经蔚为大观,且早已实现了"纯文学"意义上的承前启后,逐渐成熟并走向了文学创作和批评的一线。为了培养文学批评队伍,中国现代文学馆已先后邀请了十余届客座研究员,这些人中的相当一部分是80后,十余届中已有数十人,其规模已足以令人生畏。更有第三届客座研究员,还将他们自己命名为"十二铜人",显然隐含了自我认同的情感关系。鲁迅文学院多次举办"青年作家高级研修班",参加者也多为80后。更有专门以培养"文学新锐"为己任的文学刊物或栏目,比如专门举荐文学新锐的《西湖》杂志,以及《人民文学》的"新浪潮",《十月》的"小说新干线",《北京文学》的"新人自荐",《作家》的"处女作",《天涯》的"新人工作间",《民族文学》的"本刊新人",《中国作家》的"新实力"等等,都培养了一大批80后作家。正如80后青年批评家行超所说，最近的这二十年，既是中国社会经济、文化思潮、价值取向发生巨大转变的二十年，也是80后一代从青春期的少男少女成长为家庭支柱和社会中坚力量的二十年。80后一代在生理和精神上的全面成长，必然导致如今的80后文学与此前呈现出若干显见的变化，世纪之交那种与市场需求、商业逻辑等相纠缠的青春文学，已逐渐在他们笔下消失，取而代之的，是在内容、主题、艺术手法等多方面都变得更加成熟、更加复杂的多样性的写作。到今天，在纯文学刊物、出版市场、网络文学等各个文学场域，80后作家都占有重要的位置。而这代人写作历程中所经历的变化，恰恰构成了中国文学在新世纪发展流变的一个面向。

从诗歌领域来看，80后的一代，似乎已经没有当年70后登场时那种明显的策略意识。他们既不急于标张自我文化身份的独异性，也不刻意强调与前代的继承性，在诗风上是相当"稳健"的一代。从社会身份看，他们也主要有两类，一类是"学院派"的，一类是"非学院派"的——隐藏于社会各界与三教九流，但共同点是，文化素养都相对较高。其中"非学院派"的一类在写作上更接地气，像丁成、阿斐、唐不遇，还有女诗人中的郑小琼、李成恩，他们都是现实感非常强的诗人，当然表达个性都各自有鲜明特点；而茱萸、胡桑、严彬、王东东则都属学者型的诗人，有很强的学院背景和诗学素养，他们的写作可以说都非常自信，有从容不迫的气度，既充满知性，同时又不掉书袋，殊为难得。这两类诗人，并没有像"第三代"那样分为"民间写作"和"知识分子写作"，他们几乎已经消弭了这些对立和差异。即使是像郑小琼这种出身底层、从"打工诗人"群体中成长起来的写作者，也体现出良好的素养，也写过许多具有先锋气质的，以及"纯粹植物"意义上的诗歌。

总体上，80后一代的文学评论家、小说家、诗人、散文家，已经全面覆盖当代中国文学的各个场域。为了推动这个文学群体的健康发展，鼓励青年作家创作，我们在编辑"身份共同体·70后作家大系"之后，应出版社之约，不得不继续勉力集合"情感共同体·80后作家大系"，深感使命难违，与有荣焉。但实在说，又恐因为年龄阻隔、代沟之障，对他们的理解和阐释其力难逮，说出外行话来，令方家和晚辈嗤笑。所以，多不如少，与其在这里喋喋不休，不如让读者自去判断。

致敬山东文艺出版社的朋友们，他们高瞻远瞩的文学眼光和情怀令我们感佩不已；也致意80后的青年才俊，他们的积极响应也令我们倍感欣慰。让我们一起努力，继续为中国当代文学的发展添砖加瓦。

是为序。

目　录

总序　80后：一个情感共同体　/　001

标准和尺　/　001

心象　/　002

101公告　/　003

滚来滚去　/　004

真相　/　005

出尔反尔　/　007

举棋不定　/　008

器皿　/　009

举步维艰　/　011

反对　/　012

下来　/　013

一动不动　/　014

一只苍蝇的晚年　/　015

窗口　/　017

陌生来电 / 018

父亲 / 019

镜子 / 021

我是这个世界最多余的一块肉 / 022

在上海与韩北石说到命运 / 023

十月信札·44 / 024

十月信札·82 / 026

争执 / 028

无药可解 / 030

1月1日下午过皇港海关去香港 / 031

午夜穿越孟加拉湾的星空去金奈 / 032

菩提树 / 033

如果你也在二十二点十四分站在二十一楼的
　　窗口看世界 / 034

鸟店 / 035

声音模具 / 043

密集症 / 044

小行星 / 045

稍高了一点点 / 046

诗学 / 047

黑蝙蝠 / 048

用呼吸去调整宇宙 / 049

像犁在深入 / 050

不置可否 / 051

去电影院看斯大林格勒 / 052

喂小雨 / 053

饿反光 / 054

圣诞节 / 055

小人物 / 056

五月信札·21 / 058

崩埂纲要 / 059

泥粒 / 061

刻薄的误解 / 063

无头怪驴 / 064

楼梯骨 / 066

死蟑螂的一切未必 / 067

沿着午夜的边线消失 / 068

晃一晃，它们就住下了 / 070

炒菠菜诈骨谈 / 072

分裂的不结束性质 / 073

救护车尖锐呼啸着被堵在人群中央 / 075

宇宙 / 076

两处换对机 / 077

做学问 / 078

死亡分析会 / 079

一不小心 / 080

他们和我们在打球 / 081

干枯叶片兜头砸下 / 082

反日常的工具论 / 083

我们这里 / 084

拍摄现场 / 085

六朵花 / 086

道具 / 087

昆明 / 088

八号基地 / 089

听说的勐海 / 090

飞机起飞 / 091

玻璃上移动的事物中 / 092

翻转 / 093

细枯黑，暗旋转 / 094

冲和碧绿 / 095

倒出一地语重心长 / 096

双方举着缝 / 097

感觉的系统性紊乱 / 098

于木头而言 / 099

改装之后的言不由衷 / 100

拔腿戳乌鸦 / 101

烂柿子 / 102

煮一锅莫扎特 / 103

外星人研究 / 104

退缩于一桩预言 / 105

反光轴 / 106

配电箱的蓝眼睛也冒假光 / 107

回过头来的研究 / 108

按照返航路线翻转 / 109

不考虑2的感受 / 110

外星人移民 / 111

小晨光 / 112

古都秋凉 / 113

进而陡然 / 114

在体外醒来 / 115

你和喜剧隔两排 / 116

在情绪蔚蓝之前 / 117

纸张边缘强光分强弱 / 118

同样的紫它要紫好几遍 / 119

我们都要整理好自己的半透明 / 120

单独的螺旋桨 / 121

细节性的海洋是漏洞 / 122

推敲 / 123

三寸照片爬向黑白 / 124

现在轮到钥匙了 / 125

鬼联邦 / 126

蚊香逻辑 / 127

三月二日 / 128

我还是爱你的 / 129

又能怎样 / 130

五花肉，平底锅 / 131

活着就是一个比方 / 132

我没说你，我是在说自己 / 133

于心不忍 / 134

你们是不是弄反了 / 135

对号入座是你应当享有的基本权利 / 136

两半 / 138

我守着所有不重要的 / 139

老澡堂子 / 140

问是白问，答也白答 / 141

镜子从墙上跌下来 / 142

决定 / 143

修灯 / 144

过桥 / 145

不熟 / 146

赛龙舟 / 147

赃物 / 148

瓢虫 / 149

悲剧 / 150

不惑之年 / 151

午后 / 152

扪心自问 / 153

关系网 / 154

安静 / 155

两个姓电的确实没动手 / 156

以旧换新 / 157

我从秦淮河里舀走了两桶水 / 158

诗 / 159

高铁开到杭州东 / 160

新年贺词 / 161

通讯录 / 162

信中 / 163

当我看你时 / 164

私有财产 / 165

纯金之诗 / 166

公交车 / 167

爱情会发生在什么人身上 / 168

我理解的爱 / 169

阳光照在我床上 / 170

路灯 / 171

不赚钱 / 172

无视 / 173

屋顶 / 174

两条船靠在一起 / 175

关于未来 / 176

那些终于能够相爱的人 / 177

笃定 / 178

灯里住着一家人 / 179

水的保存方式 / 180

不朽 / 181

一个可怜的朋友 / 182

女合精 / 183

烧烤 / 184

酒局 / 186

蚊子 / 187

飞 / 188

要不然的话 / 189

意外 / 190

练习做人 / 191

这首诗 / 192

它们把我漏得到处都是 / 194

小青年 / 195

只要是诗 / 196

去谈一场恋爱吧 / 197

你就是我给这首诗安装的监控 / 198

不速之客 / 199

我们都要当心 / 201

珍惜 / 202

微波炉 / 203

表白 / 204

上坟 / 205

新他 / 206

搬家 / 207

两不耽误 / 208

洒水车 / 209

中秋帖 / 210

台风天 / 213

桥 / 214

电梯原理 / 215

斑鱼狗 / 216

仅有的权利 / 217

标准和尺

活着的时候,每个人都能用尺
在我的身边比画
他们议论纷纷,发明各种定义和说辞
来给我以具体的身高
他们指望我能俯下身来
配合他们的尺
做到收缩自如

当我死了,人们的结论很不一样
为了正确的标准
党同伐异,争风吃醋
他们为此消磨了整整一生
最后,我孤独的坟包
变成了热闹的场地,亡魂
得不到片刻的安宁

2007-6-25 上饶

心象

你摸摸我的额头
滚烫的,你说
摸摸我的四肢
滚烫的,你说
你把手伸进我的血管
还是热的,你说
你又去摸了摸我的骨头
怎么像刀一样割手
还是那么坚硬
你皱着眉头告诉我
最后,你顺便摸了摸我的心
怎么是这样,怎么是这样
你迷茫地自语道
比冰块还凉
是的,我说
而且空空荡荡

2007-11-13 上饶

101公告

你身高163厘米
实在不行
我就一厘米一厘米地爱
你体重101斤
实在不行
我就一斤一斤地爱
我只能这样
从头到脚慢慢地来
爱一点是一点
爱多少算多少

2007-12-24　武昌

滚来滚去

生活被多余的手拿开
人们麻木地站着
期待面包、房子
加一点点酱汁和酒
生活就能进行下去
路很长，饥饿很长
日子不能被用来象征
我们像一个个球体
在人世间滚来滚去

2008－1－18　上饶

真相

就在身体里打着饱嗝
井井有条地排队
仿佛有一个人
不断变换面孔
一会儿但丁
一会儿荷马
有时,可能又是屈原
我甚至,无法分辨性别
他们默默地寄居着
管理每一条逻辑
每一篇文章
每一首诗
我轻轻张嘴
重复地说出他们
一遍又一遍
一天又一天
不同身份,不同口型
我知道,有一天
终将有一天
我会被这些素未谋面的人
拖累至死
然后,他们又会出现在你们身上

自始至终,无影无踪

2008-1-20 上饶

出尔反尔

房子安置在树枝下面
飞行就有了乐趣
不需要气流,黑的东西
透明着散去
我把剃刀翻来转去
看着地图
从这里到那里
剃光距离
起码需要两艘轮船
两架飞机
用一方牵制另一方
太平的时候
人们想起各自立场
就着风暴和海浪
把生和死来回置换
出尔反尔

2008-1-21　上饶

举棋不定

我厌倦了生活
却不能随意丢弃
转眼到了一月
我摇摆着,走过城市
远山,绿树成荫
它们和寒冷构成了一个组合
充满戏谑
时间在,苍老就在

午夜零点,午夜三点
午夜七点、九点、十一点
情绪笼罩在表盘上
我把每一分每一秒活成黑暗
我把天活成年
我把死亡
在身体里装了又装
压了又压

2008-1-21 上饶

器皿

0至3岁，我被母乳和奶粉填满
3至5岁，我被好奇和词不达意填满
6至13岁，我被教鞭填满
13岁夏天，我被丧父之痛填满
14岁进城读书，我被农民的自卑填满
15至19岁，我被砍刀和血腥填满
20岁读大学，我被爱情填满
23岁毕业，我被上海填满
24岁，我被情人的纠缠填满
25岁，我被背叛者的决绝填满
26岁，我被孤独填满
27岁，我被道貌岸然填满
28岁尚未开始，我已经被不安填满

我是一个器皿
表面布满裂纹，内心空洞
灵魂被诗歌填满
我是一个器皿
行走的时候，轻拿轻放
我怕被高楼里的人群挤碎
睡觉的时候，一人一床
我躺在中央，我怕掉到地上，把自己摔碎

我是一个器皿

里面存放着愤懑、恐惧和烦躁

行尸走肉,形容枯槁

我是一个器皿

悲哀地活,悲哀地笑

我是一个器皿

盛放的爱情,早已过了保质期

盛放的亲情,早已过了保质期

悲伤过了期,喜悦过了期

恨过了期,绝望过了期

我搜肠刮肚地寻找

新鲜的内存

我是一个器皿,存放着时间

存放着死亡,它们是数额巨大的定期存折

我活着,却像按揭贷款

我没有自己,我空空如也

存放的笑容和泪水

被人操纵,我没有自己

我是一个器皿,我是一个器皿

我想把自己,倾倒一空

2008-1-22 上饶

举步维艰

人死了,另一只手悬在额头
从上至下,轻轻抹一下
眼皮就合上了
我不认识你,作为人
我只是有点兔死狐悲

你不认识我,没有关系
在你死后我们才相识
或许你正在和我交谈
僵直的尸体
马上就要回软了

但,无论如何
我理解你
我知道作为死者
在生前,你也一样
举步维艰

2008-1-22　上饶

反对

腊月到了,你反对
寒冷有形状
具体到爱情,你表情决绝
如果一,我说的是一
你用二反对
如果二,你会用三
我不在乎天气怎么样
我不在乎冰雪怎么样
路,属于我的部分
只有单向的一长条
我爱你,把脚泡在热水里
饱嗝里透着酒气
我只是不想你反对
相信我,一就是一
二就是二

2008-1-22 上饶

下来

五官分布在不同位置
落差决定信仰
我站在下巴,信仰鼻孔
站在人中,信仰印堂
站在眉梢,信仰额头
我站在发际
信仰万里苍茫
我躺着信仰世界
活着,不知有来生

2008-1-24 上饶

一动不动

螺旋形的管道里
婚娶，做爱，在吉时生子
把自己整理成子弹模样
一生在弹道里行走
没有人扣动扳机，我们会很安全
用生活替代仇恨
用爱温暖枪膛
使它们充满体温，学会亲吻
取消力学原理
把走火的阴影拿开
当你们一动不动的时候
不顾一切的人
会被生活射向地狱

2008-1-24　上饶

一只苍蝇的晚年

多少人在远离真理的一刻
心生悔意
就有多少人在获取罪恶
我带着茫然
吃饭、睡眠,和黑暗划清界限

飞行中的领悟
比时间经得住推敲
花白的脊背上
是你们不断敲打的疤痕
一生,只是死亡的零头

最后,空间里饱含水汽
人世重叠
我毕生信任的复眼
几乎昏昏欲睡
这洁白柔软的浴巾

铺垫着晚年时光
我一动不动地躺着
世界嘈杂的声响
饕餮般凶猛而迅捷

啊！这平静，这坦然
这死灰一样的心满意足

2008-3-25　上饶

窗口

我的窗子一米宽,一米五高

分成两扇,六块玻璃

白天的时候,我透过它看看窗外

夜晚的时候,我对着它看看自己

最上面是一扇横开的翻窗

无论白天还是夜晚

我都无法自自然然地面对它

因此,更多时候

我看到的世界,狭小而又枯燥

这么多年过去了

我甚至从未到窗外,向窗内看过一眼

2008-3-25 上饶

陌生来电

一个人给我打电话
她要找另一个人
我不认识
我问她是不是某某人
她说她不认识某某人

我说你找谁
她问你是谁
我皱起眉头
是啊，是啊，我是谁

我多想告诉她
我是谁
可是，我又不知道
该怎么告诉她
我，到底会是谁

2008-3-25 上饶

父亲

1993年，夏天
我看着父亲在雨中
从三米高的屋顶
栽了下来
后脑着地。他吐着气泡
离开了我们

1994年，夏天
父亲，仍然穿着他死时的衣服
在同样的时辰，从三米高的屋顶
栽了下来
后脑着地。他吐着气泡
离开了我们

1995、1996、1997、1998
1999、2000年，每一年的夏天
父亲都穿着他死时的衣服
从三米高的屋顶，栽了下来
后脑着地。他吐着气泡
离开了我们

新世纪已经过去七年了

父亲年年穿着相同的衣服
在雨后
从三米高的屋顶,栽了下来
后脑着地。他吐着气泡
离开了我们

马上又到了夏天
我想让父亲换一身新衣服
找好救护车,在那个宿命的时辰
等着他从屋顶栽下来
在他吐气泡的时候
我们再也不会离开他了

2008-4-25　上饶

镜子

一切又恢复了平静

漆黑的夜晚

没有人气

灯光寂寥地亮着

远远地我看到一面镜子

昏暗的灯光下

我仔细穿好衣服

走向一座孤坟

夜空下我停顿了片刻

弯下身子

躺了进去

我看得清清楚楚

镜子里,我还翻了翻身

然后就再也不动了

漆黑的夜晚

一切又恢复了平静

2008-4-25　上饶

我是这个世界最多余的一块肉

我是这个世界最多余的一块肉
长的、短的
立方体的、圆的
各种各样的丁成都是多余的
活是多余的
死是多余的

哭着，眼泪是多余的
笑容是多余的
愤怒是多余的
绝望是多余的，我有爱
女人是多余的

坟墓状的丁成
石碑状的丁成
骨灰状的丁成
软的丁成，硬的丁成
我是这个世界最多余的一块肉
我是多余的丁成

2008-5-10　武汉

在上海与韩北石说到命运

夜色昏沉像无数个人
困惑着,扒着方向盘,这些围绕轴心
转动不息的世界,从何时开始
捉摸不透?时差颠倒的时候
人,是否正在变得虚幻和可疑

我们万万不能轻信自己
埋在内心的谎言。说出。疼痛
没完没了的迷茫疯长不停
是我们背叛了越来越高的日头
还是阴影缠绕,时刻准备令我们窒息

面对越来越混乱的局面
具体的人,已经开始脱节、生锈
不可避免地滑入深潭
谁在彻夜辗转无声无息,我就告诉谁
我们终将要与命运一决胜负

2008-9-5 上海

十月信札 · 44

我长久地坐在那里
对着镜面,试图发现嘴巴的学问
它首先是一个撒谎者
然后才是一个受害者
过去的世纪里,它信誓旦旦地唱过颂歌

它曾不断地修改出生
从一个农民,到学生,再到白领
乡下的老屋仍然坐落在原地
凭什么我要在城市里
反复用回忆的伎俩去搪塞

当上嘴唇背叛了下嘴唇
真相却永久地沉默了
我一再被蒙蔽
现在已经长大成年
言不由衷,终于成为习惯

我长久地坐在那里,我知道
它仍然是一个撒谎者
它仍然是一个受害者
无论过去还是将来

它的宿命正是我的身不由己

2008-10-18　上饶

十月信札·82

脖子上有一根铁栓,抽去之后
整个脑袋向上弹射出来
人们看到一种奇怪的螺旋状的结构
一头连着颅腔,一头连着脖颈
除了这根在风中不住颤抖的弹簧
就再也没有任何肌肉组织了
没有人知道这个人是谁
他孤独地走在下午两点的步行街
步幅不大,不紧不慢
人们瞪着惊恐的眼睛看他

他的脑袋始终很不稳定
摆来摆去。我想,他一定不是本地人
甚至连甲状腺淋巴结喉咙声带都没有
但是,令人惊奇的是
他迅速穿过步行桥
在水南街上一家小饭馆停了下来
韭菜馅的饺子和着热汤
倒进口腔,人们接着看到
一只只饺子和热气腾腾的汤
在弹簧的缝隙里准确地落进他的食道

他竟然还要饮酒，两瓶冰啤
酒足饭饱之后，晃了晃脑袋
热闹的城市没有同伴，也没有熟人
只有陌生人的惊奇。他孤独，他绝望
拐进五三大道的那个红灯口
他终于神色黯然地伸出右手
在头顶上使劲往下按，左手迅速插入铁栓
收回了伸长的等待。他累了
绿灯之后他淹没在人群中
再也没有人觉得他有什么不对

2008-10-26　上饶

争执

喉管里藏满钉子
舌头就是铁锤
每一次敲打,都会有一枚
刺穿我的皮肉
钻进我的心,在那里静止、锈蚀

锤子敲打,笑容被固定
僵化,直至这枚语言的钉子
变成毒刺,占据我干净的灵魂
从此,一想起你,就隐隐作痛
从此,每一枚钉子,都是我的宿疾

锤子敲打,爱情被固定
泣血,直至这枚语言的钉子
变成火炉,将我焚烧得干干净净
在升腾幻化的浓烟里
我再次认得你,认得一枚肥硕的穿心钉

脾脏、心、肺、腹腔、喉管、食道、胃肠
你身体里的每一寸空间
都被用来储存钉子
你那万恶的舌头,万恶的锤子

每天都在敲打,每时每刻都在敲打,都在敲

2009-11-23 盐城

无药可解

柔软的和柔软的待在一起
坚硬的和坚硬的待在一起
九点钟和十点钟待在一起
红色马自达和遥远待在一起
在更加漫长的时间里
妈妈和女儿待在一起
水和水待在一起,壮观得像瀑布
温和得像泉水
八月十五的月亮是一半和一半待在一起
分针和秒针待在一起
互相追随,就像我和你待在一起
打不散、拆不开,命中注定、无药可解

2011-9-14　黄沙港

1月1日下午过皇港海关去香港

就是这个巨大的,同时又是渺小的
哀戚的,时而又是喜悦的空口袋
在不同语言的刺探下,一次又一次
被扫描,被打开,被检查
然后空空如也,去往下一个陌生的关卡
我空空如也。我巨大。我渺小。我哀戚又喜悦

2012-1-1　香港

午夜穿越孟加拉湾的星空去金奈

一滴泪就是一条道路
巨大的、黑幕般的星空被搅动
我们穿行其间。我们变成上帝的泪滴
高高的山巅、云层、午夜的海峡
绿色的、静默的植物
叶片里散发的神性,沙粒里的光和悲悯
照耀。转化。随着晨曦
我在沉重的雾气里找见并获得
且,永不再失

2012-1-1

菩提树

它巨大。它绿。它活了很久
它布满南印度的阳光
它和我在一起。它拥有灵
它站在1月2日的乡村里。它在窗外
它的枝叶摇晃。它像尘世的风
它浩繁。它简单
它命中注定。它心如旷野

2012-1-2 金奈

如果你也在二十二点十四分站在二十一楼的窗口看世界

如果你一个人
如果你身后也有一个偌大的空屋子
如果屋子里的地面也全部都铺上砧板
如果你也在左手的食指和中指间夹有一根
已经烫着手指的烟蒂
如果你也恍然不觉疼痛
那么,你就打开窗子往远处看
用你的心去看,哪怕它已千疮百孔
哪怕它正在被一刀一刀切割
霓虹闪烁的城市,蜿蜒呼啸的道路
那些城市里的河流,那些暗处的房间
那些房间里星罗棋布的人
此时此刻
显得多么孱弱和可怜

如果你有一颗悲悯之心,
如果你知道什么是痛的根源

2012-5-12 常熟

鸟店

> 事物。生命
> 譬之如鸟
> 活着,被埋葬在自身之中
> 死后,迁葬入土或零落尘沙
> ——丁成2013年7月18日手记

笼架笼圈笼条笼门笼抓笼钩
托粪板栖木食罐和水罐
白地砖热浪沸腾,枝叶枯卷
篾刀刮刀雕刀手锯手钻拉条板钢圈模
钢锉老虎钳木凿小台钳
一一对应。这小小的墓地
这墓地的工厂,这工厂的利润
这利润的宿主,这宿主的技艺
这技艺的社会学,这社会学的冰冷
这冰冷的手工制品,这手工制品的原居民
这原居民的主人,这主人的陌生
这陌生的挑逗和吵闹
这吵闹的时间切片,这切片的气味
这气味的国度,这国度的卖鸟人
这卖鸟人的病态美学
嘘!你不能说出的是细小鸟骨里

残存的昏暗
屋顶，关乎更庞大的尊严
往往那些轰鸣的美
像是一场意犹未尽的失败的赌局
抑或，在金属构件上
标签之殇关乎养鸟人的时运
空旷的屋顶，漂浮着人间的一切
众鸟窥视鸟邻的屋顶，像末日之后的
人间的海面

沙漏之中，颠来倒去的时空
黑暗穷尽过后的开阔，是一粒一粒渺小的鸟迹

天干物燥，这细条纹里的四季
这空心的世纪，犹如城市精美
笼鸟的叹息，季节的酷刑，逼近鸟店
肉体和灵魂纠结缠绕如日久的麻木
"床前明月光"式的鹦鹉之言
"恭喜发财"式的八哥之言
"小哥哥""阿姨好""你是谁"
"奥利奥""不要瞎说话"式的鹩哥之言
是空旷之言，是风雨扭结
生灵涂炭炼狱横生的人间之言
因此，七月之夏是众鸟的忧郁之夏
世界被鸟眼的结构平分在两侧
这片面的、故事状的人间

啰嗦零碎繁杂陌生喜忧参半
黑喉草雀凝视着笼外的世界
像极了贴着白面膜的幽灵舞蹈师
像末法时代的傀儡画像
在吊诡的静默中,很深很深的蔚蓝在扩散
盆栽梦境,被切割成果皮状,萦绕在七点四十分周围
其中有一秒钟注定是堤坝
拦截时间之水
而你,赏鸟的陌生人
已经对呼啸而来的动荡世事有了占卜师式的了然
溃坝的那一秒,溃坝的那一瞬
早已刻入古老石碑

暗绿绣眼鸟得享浅色笼衣
当阴暗,从属性开始……这置换的配方

此前,鸣鸟的申辩已然开始
相思鸟画眉芙蓉雀们小脚丽人式的卖乖
让养鸟人在困顿的泅渡中再次醒来
这一次:风,来自笼鸟之喉
这一次:养鸟人正在剪摘蚂蚱的腿
这一次:奄奄一息的受害者再也刺伤不了笼鸟之喉
这一次:是的,极其相像
人间之刺亦已消弭
这一次:福音在羽毛翻动中
一页一页巨大的绝望

滑脱

陌生之喙，这冥帅的余威

和养鸟人的剪摘

混杂在一起。上下错综的鸣鸟之城

旋转之城，绞索式的言辞之路，顶着谶言的沉重飞翔

每一座鸟宅的滚烫之夏

茫然地服用人世以度日

焦成一片。倾诉和表达

语言和语言之间，私密之核

犹如人间的冤织之路

犹如混沌未解的史前之陆

日渐倾覆的黑暗之沙

迷离，混沌，不置一词，固执如命

挑选一声鸟鸣，用作生前遗言

挑选一声鸟鸣，用作死后陵寝

干涩苦辛的黑暗里，拧出的黎明

是人间的一次重大事故，不啻于擦枪走火

说到鸡尾、虎皮、棕头牡丹、桃脸牡丹、黄襟黑牡丹

鹦鹉的家族式悲剧

始于古老的幽禁术

更甚至始于一种语言的高压

由于买鸟人，在对众鸟的拣选中

掺杂了繁复不定的生存意识形态

由于羽毛的色彩和鸣音

更多的大于和小于之间的较量
实际上,小小的墓地之中
翅膀徒具一个语义的空壳
不要以为,飞,仅仅是一场追捕和逃亡之间的必定关联
不要以为,飞,仅仅是一次与自由的邂逅
所有的翅膀最终背叛了翅膀本身
所有的自由最终背叛了自由本身
面包虫在笼鸟的历史里
选择了躺身为食
买鸟人拎走了一只尖尾文鸟
这空心鸟店,这空心店主,这空心世界
写满买与卖的涨跌行情
实际上,买鸟人
倾尽一生,也不会想起这只尖尾文鸟
孤独与怨愤。实际上,卖鸟人
在一张小小的标价牌间腾来挪去
倾尽一生,都不知道这只尖尾文鸟
亦曾是其治下子民

买卖史,是鸟店的全部发展史
笼鸟的哭诉,聘请来自人间的配音师

蛋在孵化。全新的一窝兄弟姐妹
啄壳而出,嗷嗷待哺
笼鸟之子的身世之谜
与卖鸟人自身的困顿密接应和

城市的每一扇窗子里

晃动着待哺之口

瞳孔收缩：细密的笼条，放大成框架式门窗

笼鸟之子的身世之谜

亦是笼鸟自身之谜

影子之谜亦是人自身之谜

语言的冰雪，覆盖包裹

解冻之裂纹藏着的一则则寓言故事

注定是一个个神秘邮差

负责从自身发出到自身签收的递送业务

叽叽喳喳

呱呱呵呵

啾啾哇哇

这些人一样的孤儿

拥有各自的

笼架笼圈笼条笼门笼抓笼钩

托粪板栖木食罐和水罐

拥有各自的哀苦愁闷和生老病死

拥有各自的惶惶生涯

无数的蛋在孵化。全新的孤儿

即将啄壳而出，嗷嗷待哺

神明埋葬在神明自身之中

鸟埋葬在鸟自身之中

当活着成为命运转化的一次意外

一个偶然。醒悟的笼鸟

早已在那里了

鳞次栉比的各式囚笼

有了进一步内化的迹象

珍珠鸟朱红的嘴壳

黄颊雀骄傲的冠羽

牧师鸟漂亮的领带

如锦缎细密地编织

对死亡的想象,鸣叫顺理成章地

成为修行法门

闪电精巧地带来讣告

每一种祝祷,如冰雪蔓延

没有解脱可言,事物是事物自身的关押之所

生命是生命自身的服刑之地

篾刀刮刀雕刀手锯手钻拉条板钢圈模

钢锉老虎钳木凿小台钳

——对应。这小小的墓地

穷尽人间词物

这小小的墓地诡异,笃定,深不可测

如果八月的世界枝叶枯卷

恶腐频现,又如果鸟店兴盛

提笼者和卖鸟者阿党比周狐唱枭和

则笼鸟之哀,无有穷尽

沙漏之中,颠来倒去的时空

鸣鸟复来,人世复来

众鸟齐憩在孤绝之境

语言，不成为桥，不成为法庭

学舌者，如鹦鹉如鹩哥如八哥

如人中之人，如抛物线的哲学

很久很久以来，历史的倒车挡处于亢奋位置

这小小的墓地

成为语言的墓地

成为诗的，成为修辞的病灶

剥去表皮的伎俩

黑暗勾兑进来，这黑暗的病灶

这病灶的时间，这时间的推托者

这推托者的虚假身份，这身份的可疑面目

这面目的可恶，这可恶的结构

这结构的复杂，这复杂的时局

这时局里渗透出来的人性

这人性与鸟店的无声唱和

嘘！你不能说出的是细小的鸟骨里

残存的昏暗

光顾鸟店之人顺着黄昏的光

渐次隐遁，匿藏的人世复归死寂

众鸟的倦意透过邻鸟的转述

传遍了鸟店的每一寸角落

最后，漫卷过卖鸟人的中年

一场无声的海水，通过对另一场灭顶的提示

获取了人世的占卜权

2013-8-6　昆山

声音模具

汽车们亮着尾灯,密集地朝着一个方向疾驶
像车床高速切削时四溅的火星
两片叶子互相轻触,旋即分开
睁眼和闭眼。木地板上正在融化的黑太阳
似乎成片的山脉在变小
变成毛边的轮廓。居于其中,居于其侧
池塘里粼粼波光
诱惑木然的行路者
花是红的。叶是绿的。不开花呢
黎明的喉咙里,塞着没有消化掉的月亮
忧伤的植物被移进鸟笼
川七的根可活血,锈蚀的笼条里
已经没有血。声音落下去不再回来
可靠的、可信的生活和语言一样
把我们往老里量,往死里量
称之为诗的东西,吸附在刀刃上
成为其一部分,往深处切进
往包括它自己在内的,我们的深处

2013-10-21 常熟

密集症

鸟和鸟互相飞。鸟和飞,互相
剩余的天空,一小块,和树冠,互相
馈赠难言之隐。死亡的花边消息
缝制成合体的女式内裤
谁去打开,谁单独享有,谁就全权负责
这个谁和谁,都是很深的缘分

人群往来。红色小车夹杂其中
后面是很矮的砖墙,再后面
谁都不知道一条宽大的河流被截断
黄制服的环卫工人,黑裙子的城市白领
互相走,各自走,这条路是过渡
互相陌生,互相各自陌生,互相沉默

我在高处来回迁徙。从一部分到另一部分
从器官到神经,挤出余下的心情
我和密集各自密集,我和病症各自病症
我在高处。互相俯视,各自无言
密集的小格子里,各自住满人家
鸟和鸟各自飞。密集症和不自由:鸟和人,各自馈赠

2013-10-21 常熟

小行星

写作复归于一种失败
薄薄的窗框紧贴行将消逝的今日之日
最好的表达已经失去
蒙尘和鼓面彼此共处
重拾鼓槌,重敲鼓面
震动像是一种可耻的背叛

小行星撞击,像写作中出现的
一次事故。精确到恐惧
我不得不抬头,玻璃的屋顶安置我
内在的仰望,像毒
像一次翻山越岭的狙击
坟冢倒置,王国从棺椁开始退化

写作复归于一种失败。向上或向下的
台阶悄无声息地坍平
宇宙回到平面状态
浩瀚是用来形容星空的最渺小的词
相反,"我"被确认为宇宙
"我们"势必是宇宙和宇宙之和
势必是全部的宇宙

2013-10-21 常熟

稍高了一点点

天蓝到要死了,冒着黑烟
树梢不动,云不动
人们在自己的内心里翻个身
也有憋急的时候
不是吗?我说昆虫过冬
把灯头点亮
村子里大片大片的故乡
无人认领。天终于蓝到死绝了
烟囱里,里里外外,吞吞吐吐
修行之人收起木鱼
误入城市的农民
被认出来了,像黑色的宇宙一样
一下子就黑了,本来就黑了
树梢不动,但调整了高度
云不动,但调整了睡姿
它们比人世稍高了一点点

2013-10-28 昆山

诗学

被当成饥饿的灯塔
我坐在二楼露台
看它饱经风霜
大客车放屁,小鹦鹉学舌
被当成饥饿的星空
黑洞一样地吞噬
人来人往的小城脱下披风
枯枝点缀
夫复何求
牵着行尸的鼻子
在不该转的地方转
在不该停的地方停
我看他们慌慌张张
肉身里潜藏的一尊佛
在打坐默诵经文
你问我,你被当成饥饿本身
我感到歇斯底里的沮丧
场地上沉沦的叶片和尘沙
三轮车叮叮当当
把激活的夜色
当鸡血,当烈酒
一饮不尽,再饮而竭

2013-10-28 昆山

黑蝙蝠

天气晴好,巨型黑蝙蝠
栖居在头顶
细微的脉动,于我却是
山呼海啸。聋耳的误工费、盲目的误工费
针叶林的衰颓
像是我自身的预表
红砖堆砌的故乡
瓦屋里住满旧年的语言
这与死亡多半相干,多半不相干
麻雀低贱地飞来
像是我自身的预表
小河水混蛋地流着
不知道转译邻人的哀伤
不知道羞愧。生与死
隔着两朵闲云,一片枯叶
隔着碌碌人世,半碗苦难
天气晴好,巨型黑蝙蝠
栖居在头顶。细密的毛羽
于我却是死神的味蕾

2013-10-29　昆山

用呼吸去调整宇宙

你慢慢用呼吸,用慢走
用这种节奏,去读那种节奏
类似于匠人掌握奥秘的迎接
由此及彼地准备,随时进入
更为幽暗的,更为繁复、陌生、不为外人熟知的核心
袖口的浮灰掸去之后
要明白城市的奥义:一个人置身于
原始丛林。用自己的呼吸
去干扰虎狼的呼吸
鉴别,判断。也或许慢走
解决了敌人的饥饿感
懂得残酷,饱读残酷
你慢慢用呼吸,用慢走
去试探。更为深远的人间
每一把锁的机关了然于心
一切静下来,犹如命运之暗
突然降临。你调整自己
比调整法则更重要
学会进入,学会节奏,学会这种节奏和那种节奏
进而,学会用呼吸去调整宇宙

2013—10—31　昆山

像犁在深入

咳嗽,在房子里,在大街上
在人群多的地方,你咳嗽
像一个巫师在诅咒
先于你,在之前,命运给予另一个人的罪恶
他已领受

你把草籽放在掌心
黑的星期四,牛奶变得酸臭
明亮的场地上
你不该替代更高的力量去判决
虽然,神,有可能也同意

打开握紧的手
交出你锁紧过的
秘密让你的咳嗽,像犁在深入
切开的,永远不复合
一点关系也没有

2013-10-31　昆山

不置可否

到处都是失败者。仙人掌带刺
薄荷杀菌。时间屠戮时间,坦克炮火占领的夜晚
建筑物废墟里,不时滑落的沙土
现在,回忆也是了。用尽气力去回忆战争中的恩人
那些先你而去的死者。没有面孔
徒有虚名。战壕、掩体……也是失败者

一支蜡烛吹灭。语言总是拖着臃肿的
无聊的、不置可否的命运,接受更新的逻辑
沙漠里的渴死者,街道上沉默的人群
时代生产出一批又一批
胜利的失败者
合格的失败者,或者不合格的失败者

骨灰在身体里填装,都快到了嗓子眼
有毒的河流,像火山喷发过后的流火遍布
这个时候说花儿盛开,这个时候,只要说
就是失败者。打开门、窗户
打开所有能打开的一切
照镜子。到处都是失败者

2013-11-2 常熟

去电影院看斯大林格勒

二十一点五十五分。三号影厅。六排。七座
3D眼镜。听俄语。也有德语
叽里呱啦，叽里呱啦
喝两口水，看到伏尔加河
很多浮桥。尸体。大兵。一通机枪扫射
该死的都死光了。剩下的继续
给我讲俄语、德语
这时候，飞机的马达声
轰鸣着越过一扇破烂的窗子
砰——坠毁
浓烟。火光
大兵和平民在瓦砾堆里钻来钻去
炼油厂爆炸
纳粹坦克开进废墟
对着一幢大楼，炮弹齐发
人再死去一批
幸存者用电台呼叫：向我开炮
河对岸，炮兵阵地按着坐标
一阵暴风骤雨
火光中坦克变成碎片，碎片再变成更小的碎片
飞上半空
2013-11-2　常熟

喂小雨

下小雨。你们告诉我那里的菜地正适合此时此刻的浇灌
梦中湿的小萝卜叶子喂雨。邻人穿戴好早晨五点四十分
穿戴好衣食住行。他们穿戴好马头墙。锯齿状的日子盖
  上黑瓦刷上白石灰
尖头松树穿过窗台。我在房间里写错别字
下小雨这一天。我没有弄对邮箱密码。它们吃掉我的
  耐心
普普通通的暴躁使劲往天上贴昏沉。一片片尿布叠放在
  云层上
垫着庸常无聊。睡着了的时候,所有的东西颠来倒去
它们都离开自己的位置。它们出走。电视新闻上记者喂
  小雨
发生火灾的两幢摩天大楼废墟和消防队一起喂小雨。下
  小雨。喂小雨
先喂了火的人,现在用自己的尸体喂小雨。先用悲恸喂
  饱自己的人
现在用破烂不堪的噩耗喂小雨。江南昏白的田埂上印着
  两条弯弯曲曲的小河
印着大白菜。印着我两三个喷嚏。印着小水滴的嗷嗷
  之口

2013-12-16 董浜

饿反光

空奶瓶反对塑料盆。包上革面的坐凳反对枝形灯影
越反对越有效。它们钩心斗角地嫉妒着空房间
我不在。它们就一直空着。床铺上照不见我的归来
镜子一样的大块头睡眠亮着饿反光。有时候我会突然
醒悟一点什么。然后像一只凶猛的饕餮
啃食万事万物,只给它们留下一些透明的印象
人们辛辛苦苦地活着,在我的饥饿里,也在虚幻不真的
镜像中

2013-12-16 董浜

圣诞节

总归又回复到阳光。窗口
支取的零星晨光里
浸泡着因为管道破裂漏水
而受潮拱起的木地板
静悄悄地被撕裂
脸盆是大红色的。取暖器发着橘色
白台灯。白凳子。连多用插座
都是白色的。我坐在空调的
出风口下。一条大舌头不停地
把我舔舐温暖
就这样。我们丝毫也不缺少
那些琐碎得通常都
羞于启齿的慵懒和安逸
咖啡色条纹和米色条纹
交替印制在大布帘上
风不吹它们时，它们也不会
随随便便就性感地晃动

2013-12-25 昆山

小人物

他们很乐于谈论历史,谈论伟大的功勋,谈论丰碑式的
　　事件
如果自己没有就谈论别人的,如果自家没有就谈论别
　　家的
如果本国没有就谈论邻国的,如果这个时代没有他们就
　　谈论上个时代的
他们也谈论那些波澜壮阔的失败和罪恶。他们不屑于谈
　　论小事情

他们很乐于谈论别人,谈论别人的人生,谈论狗血的
　　桥段
谈论别人的三长两短,谈论别人的倒霉,并就此哈哈
　　大笑
像是在谈论什么天大的笑话一样。他们没有家丑
他们的内心装满了别人的家丑。他们很乐于分析和判决
　　别人的是是非非
他们也谈论别人的成功,但仅仅是为了点缀更为悲情的
　　续集

他们善良,没有恶意。他们就在我们中间。有时候我也
　　是他们的一分子
他们普普通同平平常常。他们尽其所能地维持着体面

他们奔波劳碌,养家糊口。他们胆小,猥琐,自私。
  有时候他们蛮不讲理
但他们恍然不觉。他们只是很乐于谈论历史。他们只是
  很乐于谈论别人

2013-12-25 昆山

五月信札·21

一棵树,复活了另一棵树
火一样的消息
在黑暗里,像斧子
切肤。敏感
命运被劈成两半
裸露出螺旋状的结构
这既是图腾
也是静默。一棵树
复活。另一棵树随之而来
犹如一场浩大、广阔、平铺直叙的爱恋

2013-5-25 杭州

崩埂纲要

一声奇怪的异响追逐我,来到这里
来到一堆散乱的句子里,然后是
词里,然后是字里,然后是一切里
然后是混乱里,然后是语言的残肢
断臂里,然后是语言的单个个体里
然后是语言的零件里,然后是语言的
一堆一堆的报废材料、锈迹、头屑
和代谢物里,然后是语言的神经错乱里
然后是语言的,包括我自己的偏头痛,很细
很细、很密集、很精确、很要命的偏头痛里
居住

然后没有然后,然后没有意义,然后没有
好像会有的,然后没有对错、传统和先锋
然后没有判断,没有标准,没有愧疚
忐忑、惶惑,然后没有虚荣,然后没有
盖棺论定,然后没有是非、争论、褒贬
然后没有胜利和失败,然后没有奖赏和评论
然后没有指指戳戳,然后我听不见愤怒
然后我听不见质疑、谩骂、抨击和提问
然后我没有耻辱,然后我不再写那种
被称为诗的诗,然后我写一种不被称为诗

的诗

2014-4-22　武夷山

泥粒

对着一块砖头抒情,裂变或者在土坯摇身之前
犹豫使梅雨季节来得过于迟了。不认识路边
正在开的小野花,等于一种往虚空里反复冲跳的怒放试验
词句在淋雨,它们是介于湿和水之间的介质
几乎全部的不透明都来自这种反自我本性又合二为一的
　综合体
更加艰深的困顿显豁出来之前
关于神性的开启,首先基于建立在各分散个体之上的具
　有整体感的失败
指甲盖比对出来的大小直接附着在形容一簇野草叶的进
　程之中
意义被强烈的外来之力嗑开——那嗑开之力撬动所有
那嗑开之力脱开自己寄生于尚未被迎娶的事物
内核和外延角逐缠绕彼此获取,即便天色昏暗的角落
草叶仍然明亮。来自深处打败正在升起的晦涩的明亮
它们和邻居安然于此种不着任何之力的自证
对着一块砖头抒情,原本那土回到草细而绵长的根系之中
供给每一次抓取以客观的营养
裂变或者土坯摇身之前,初夏傍晚已经用风梳理廓清
复杂身世和错综的网。连绵细雨掀开序幕
迟在自身的梦魇中衬托出来更加陌生的迟
介质也可以后撤至迟。晶莹新鲜的泥粒被落雨溅起

旅居于野草的叶,它知道无论外出多久最终都是要回来的
和它的表哥红砖一样,乡音无改鬓毛衰
它这么想的时候,它其实正在大地静默而深邃的凝视
　之中
一刻也不曾松懈

2014-6-16　昆山

刻薄的误解

宽藤它们忘返于中间阴森的暗淡
洗洁精作用于余下的残字剩词
星光点着。消防队的夜晚,在池塘边上
蛙的故乡在鼓吹中。白色的幽灵葬车无声
把行驶当全部的秘密从而为更棘手的死亡
预留了足够多的安全感。挑剔红肥绿瘦
过期的正义凌迟押解碎片缝合尸块
奔突有间在远处刻薄的误解蕴藉有深意的召唤
歹毒回头把我再打量一遍,苍蝇喜迁新居
然后被绑在病床上,手术中,一道刀疤
侵占了它的所有。语言使刑法的争议性
晦暗交叠无风不起浪混浊居于我们中间
每一次出逃都成为一道迷信意义上的风景

2014-6-19 昆山

无头怪驴

它们把石头研磨成细细的粉末,更多的它们
器重木炭和蛙鸣。架在火苗上,火苗用私欲烤制
迟来的活着比早来的死亡更早,也许意味着偏袒任何一方
都会收获善意的恶名,飘满尘粒局部悔改
烟雾早早地覆盖无知之病,无知漫漫如雪
弹跳着越过短路神经赤裸绞结面若土灰
把大海烤制成小雨滴,穷小之极。大海戳穿
怪异的理想没有留下大海本身的遗迹,只留下针的遗迹
浪花有嫁给海鸥的贼心,白鹭也有强暴的贼胆
腥味调制好的空旷居心叵测不置可否
任何一条法律都死不瞑目葬身日常而琐细的赃物之中
悖论骑着无头怪驴正向着蛙鸣的中心款款而来
它们把石头研磨成细细的粉末,更多的它们
努力演练服用技巧。最实用的也是最节约
群居动物用未必来反对,细细的粉末独自支撑
孤零零的骨架,用软骨垫付尚未产生的严重后果
在凌乱的旧街道上提取过往的星光也可以用
磷火替补这样一种尴尬。灯火慢慢被拨亮
看不见手喉咙也在漏气响着气流旋转时发出的回音
仿佛很深的骗局,让陌生的一闪而过的愧疚
逮个正着,在随后的空隙里时间落井下石也变得
名正言顺。一切都是赚来的外快堵着良心

不至于漏出一克的不安，光鲜照人道貌岸然求佛求菩萨
念念有词的诵经声真正抵不过一阵比一阵疯的蛙鸣

2014-6-20　昆山

楼梯骨

绵密暗影横生
曲折对冲角与角合力错置另一种
意义平铺直叙。足音回旋飘散每一款想象力
差额共生的起点与终点展布
低频振动细微尘粒跃起像是光穿起的
珠链扭捏无骨意义更加垂直
把转折藏匿顺沿斜的空轨道滑动
固定在时间平整的扁盘上
行程流布微风柔软拍着阶阶节节
生活下去，坚持吃岁月吐可有可无的楼梯骨
可有可无并不意味消失反而更坚定一定存在

只是一种虚拟的置若罔闻
意象便弹跳出浓烈的骨感

2014-6-24

死蟑螂的一切未必

死蟑螂晦暗，四脚朝上躺在
午夜地板。冷气汹涌。我能看见虚撑的脚爪
深色黑。船形。反衬地板昏黄
沙发肚里影子含含糊糊
它们都不见天。热气你能幻觉出触须微动
是不是一次贪睡，是不是一次积极的时差转换
死蟑螂面孔不清来历不详
带着籍贯死于一首诗的第一行是荣耀
倒霉
船形尸壳黑而无光，它未必不会醒来
辩证法是最好的急救法，也是一种无人问津
悲怆的死法。前科，还发生了什么
伸开手……到临了，它竟然伸着手

死蟑螂未必死了
每一个故事都有结束的理由
每一个故事本不愿以我们都知道的方式结束
船形尸壳上面是屋顶
屋顶上面是一阵阵或明或暗的星空
它面向宇宙，像一艘野性的海盗船

2014-7-1　昆山

沿着午夜的边线消失

忽然说起蜘蛛,当然不能弄死不能伤害
把拉链拉开放它出来。很多年很多年之后
它竟然又从你的语言里爬向我
幽暗的目光里,它沿着午夜的边线消失
在蚊帐深处。星空独自旋转,不再试图
寻求对话,也许深及一根错综相连的蛛丝核心地带
也许深及一个人最无助的内心
时间虚度了

蜘蛛的轨迹显豁出那些所有的
神秘。弹跳着星空晃动,我说出一个词
露水里晶莹剔透的绝望晃动
世界分别投射在弧形的水滴上
总之不能伤害一个生命的灵
也许外部接收到的光线,加上全部的漫反射
都回不到最初的那一次消失
现在,正是消失的深处没有回音的时候

谈到终极的话题,窗外飘进来陌生的喧嚣
树梢上栖满了你不知道的喘息
忽然就插进来一阵激烈的打斗声
它们不知道我们正艰难深入的这个关于蜘蛛的问题

骂骂咧咧，关拟横送迹归匹蒙素
陆如轰然呆车帅，替损烦灭中飘低
提白灌包急黑足翻直往墨蓝公允
沿着午夜的边线消失

2014-7-1

晃一晃，它们就住下了

一捧绿色光，一摊水
厚薄浓淡，芒如水流淌眩晕
不同的时刻它们都是残疾

所有叶片舔舐
光秃秃的天空此消彼长
打招呼，把所有人都捎带上了

树干在摇动，你会发现
整个字词都在松动
这是更大的松动到来之前的松动

桌子摆好，遮阳伞下
巨大公园学会在孤寂中自己翻身
从别的地方刮过来的风

成吨成吨地挤占掉
事物的体积
晃一晃，它们就住下了

一捧绿色光，一摊水
厚薄浓淡，芒如水流淌眩晕

残疾们蜗居在各自小版本的国度

2014—7—2　昆山

炒菠菜诈骨谈

哲学、文学、神学、公园学、洗衣学、吃人学
翻穿学、剩辱歹学、歹徒下面学、贩学
炒菠菜诈骨谈。炒菠菜诈骨谈学
烽火跌断学、长病轰嘴蒙利砍挫学
这所有学、无法学

你让我学、我不学、塞拉内尔学、贡蒂尼学
逃学、冤堵藕根学。墨绿在街头翻动
这一座城沦陷学、墨绿学、暴动学
谢谢所有不可知无知未知先知也不知所以学
孩虑饿站头风启密密麻麻学

语言学、秃学、厌学、神经斩断踹门拎毒学
放踪齐祖虽内喷学、城在市中学、笃学
博命留低晃一晃再学、青椒炒学、美学
这一头到那一头学、两头学、多头忽然冒出来一头学
炒菠菜诈骨谈,炒菠菜诈骨谈生路走绝学

炒菠菜诈骨谈,是炒菠菜诈骨谈学

2014-7-5 昆山

分裂的不结束性质

一束光从此就变得很突然,扭骨
圆弧式行进。如果用它盖一座穹顶
象牙雕雨,渴必垂里次密沟停顿,在虚构的
现实中沉沦。也好。行进也好。耽于误解
这迷宫,曲解花费了很多光

自从落实虚妄地穿透,一直在逃逸
各种名目的辩解到了漆黑一团的地步
声音制造幻象供很多人上升
剥离很多,剩余很多,哑巴们错领的天堂
一遍又一遍地邪恶。不可恕越来越多了

它们弄出来动静,而窗外全部都缄默
一块铁板玩弄起表情来
生硬也不自然,总是给人一种莫名其妙
退堂鼓一定要敲,路线规划
避免结石,正因为此,咬合本身恩怨难辨

世界闪了一下汉武帝,灭了一下大宋朝
垫一垫他们的历史水准,晕头转向的高速
纠结。小人放弃的事业里泡着杨梅
镜头握在什么人手里,焦距滑动着

一束光从此就变得很突然,扭骨

圆弧式行进

2014-7-5

救护车尖锐呼啸着被堵在人群中央

埃里俄姆巴格桑,起畏哀里哦哦
埃里俄姆多格桑,起畏哀里嘟嘟
埃里俄姆巴格桑,起畏哀里哦哦
埃里俄姆多格桑,起畏哀里嘟嘟

埃里俄姆煮格桑,起畏哀里哦哦
埃里俄姆次格桑,起畏哀里嘟嘟
埃里俄姆煮格桑,起畏哀里哦哦
埃里俄姆次格桑,起畏哀里嘟嘟

埃里俄姆弗格桑,起畏哀里哦哦
埃里俄姆贡格桑,起畏哀里嘟嘟
埃里俄姆弗格桑,起畏哀里哦哦
埃里俄姆贡格桑,起畏哀里嘟嘟

埃里俄姆准格桑,起畏哀里哦哦
埃里俄姆命格桑,起畏哀里嘟嘟
埃里俄姆准格桑,起畏哀里哦哦
埃里俄姆命格桑,起畏哀里嘟嘟

2014-7-14

宇宙

我写出的每一首诗
都是一个宇宙,自证其在
也有写坏的宇宙

当然,宇宙不分好坏大小
宇宙就是宇宙

2015-2-25

两处换对机

上面缓布,中间或有他途
热的锅雨天蒸煮
你们把汤匙弄得金黄金黄

宇宙是一只打水的竹篮
星罗棋布的孔洞里
正在漏下今天

你们抬头望星空
我抬头望屋漏痕
大家都很艰难,都不容易

2015-5-18

做学问

屋顶驮着隔壁的屋顶
偶尔交谈
因为缺少性欲,所以
它们的疯狂
只有瓦片和雨季的青苔收留
闯红灯的汽车
通常都追不上死亡
死亡只好反过来追它们

2015-6-23

死亡分析会

很高一座空房子
柱和梁
割开喉咙,一小丝天空

死亡就是一顶空蚊帐
你害怕蚊子会咬你
蚊子必咬到你
就像一部空电影

空房子。空蚊帐
空电影
空到什么程度呢
空到它们甚至都不存在

很高一座空房子
柱和梁
骨头和骨头聚起来
开一场死亡分析会
空到它们都不存在

2015-8-24　北京

一不小心

鼻孔里一不小心冒出的
浮上水面。它成为秘密了

多么可怕的两个世界
冤魂交叠。还有第三个世界
搁置在人群之上
看上去大团大团的云
泛着死亡的白光

阴影一不小心被附体
于是,很多人看透了不同的东西

寻求交谈的捷径
从而走上一条死路
没有了惩罚……猪吼叫
冲那些疑窦丛生的结局
一片树叶坦然告诉另一片树叶

金字塔和悬浮物
都是可以原谅的

2015-8-25　北京

他们和我们在打球

忽然,球就断了
断成两截

圆乎乎的东西
断成两截

什么样的力
把球——打断了

不要管是篮球还是足球
在这个世界

球是一种哲学
断成两截代表另一种哲学

2015-8-25　北京

干枯叶片兜头砸下

虫子们卖力地活在它们的天堂
蜻蜓像苍蝇那样错动前肢
苍蝇像蚂蚁那样爬
蚂蚁像乌云一样聚散
更多的水泥方砖
正在成为骨质疏松症最好的患者
它们不把秋后的番茄当回事
孤独的乌龟幼崽
吞食狗尾巴草的败叶
像是无辜的局外人
合力搅动这里的局势
生活并不与之同仇敌忾
几根竹竿支撑着
爬满藤状的绝望

2015-8-26 北京

反日常的工具论

床和屋顶之间
充满田园。分成格的庄稼
先后嫁给沟渠
这是在疼痛里演习的形而上学
蓝衣柜上面蝴蝶飞
并不是一部恐怖片的逻辑
金属环露出的凶光
全部被一种叫做洗面奶的哲学
收购殆尽
躺在日常之中
成为一种反日常的工具论

2015-8-27　北京

我们这里

音效让命运变幻
有时候更深刻。驳杂的噪音
四处乱飞
横梁架在屋檐上
跋扈，倨傲。都是
他们告诉你的
当喇叭长出毛茸茸的肉耳
皮肤上突突的经脉在流动
愤怒在管道里
被血液带出了很远
恐惧绷住了
恐惧在我们这里应该是
需要赞美的事物

2015-9-4 北京

拍摄现场

塑料塑造枪支,也塑造刀具
几月几日跛足。更远的通道
植入浓雾。翻手一叠剧本,这又是
什么水在杯中晃荡。塑料塑造
暴力游戏,夜雨下在高墙两边
窄窄一线你看上去像真空
朽坏之后残剩下来纯粹的
时间骨渣。一堆海平面上翻滚
跳跃的情绪连同穿戴整齐
的演员步入茫茫的一刹
群情澎湃跟威力无比
没有丝毫关联,这里是被一根
光线砸中、灼伤的旧城
五六个人结伴从破败的楼影里走过

2015-10-23 汝南

六朵花

首先开出去五朵
它们之间构成了逻辑上的必然
其中返回的一朵是关键
别的花都开,它不开
正派也好,反派也罢
第三朵和第四朵是帮凶
确认这一点
实际上是确认我们的虚弱
跟六朵花都没有关系

2016-3-26　董浜

道具

应该有的,都得有
比如面罩、烟斗、帽子
不怕它劣质烟丝会说话
反过来看,就算它说了
又能怎么样
下大雨的时候
你帽子再有本事也是帽子
不会变成伞
秃子们在这一点上达成一致
所以,虱子
才做了导演

2016-3-26　董浜

昆明

它们互相诉说着醒来和雨声
之间继续拱动，不留缝隙
相当于一首诗把绊倒的那个人
确认为我。确认所有人
都遭到坑害，像白云那样
凶手肇事者证供者都是逗号吗

几根时针酝酿的早晨不一样
不一样归不一样。七点钟们有了时差
还有芒果干式的咒语
可口的性欲顺着高铁线路
滑进大肠杆菌人群
在这里巫术、普遍性和一耳光
是共同信仰的细微分子

终于把肿大一倍强加给了云南的太阳
所以不能把热简而单之
所以这里的光不擅打扮
大姑娘、小媳妇转动手指
学习计量方法用于白云生苍狗
苍山生肥虫，一朵大呼小叫另一朵被骑

2016-10-3　昆明

八号基地

终于搭着了火龙果的嫩骨
像脉颤脉颤小惊喜
碎石块五花八门地风化,围绕
坡道上升稍微一点点就把
我们架到半山腰
这样的脾性未必适合欣赏原木
荒凉现在红,发紫还甜
繁忙用的都是相同逻辑
汽车嘀嘀叫着
喘气啊,那个龇牙咧嘴
把风从脚下的远处牵引
凉快着就说这里真的好
终于搭着了火龙果的嫩骨
火龙果顺着水泥桩急急忙忙爬上来
爬着爬着挂回原位
不必解释。对,就是挂回原位

2016-10-5　元江

听说的勐海

抖抖戳戳微风也会被堵在路上
来来往往都停滞。像是森林里
长满野草,不害人烦躁也没有办法
路窄成小弯道,石子高低像云层错动
大队骑士堵在两山之间
鸦雀无声的上午拨弄钥匙
脚离开了每一只听说的耳朵
到我这里是鼓膜震动的位置
现在终于听见了人们说的勐海
远在不太远的丛林里
像是哑剧中抖落的谜团
火龙果开花,橡胶园在夜色里挪动
十月的耳朵吞咽大段大段的西双版纳
和一小片勐海。十月的耳朵在十月吞咽着

2016-10-10 西双版纳

飞机起飞

又一阵风穿过我密不透风的描述
终因伤势过重,其他风对它的抢救宣告无效
那些鼓噪的读者在中途
患上口干症,被迫吞咽了一次

远处屋顶就像在眼前
呈斜线型轨迹碾压过来
也没有用。小河涨水
飞机起飞,烈马排成阵法嘚嘚而过

世界曾经被一只只苍蝇
压翻过无数次跷跷板
我手握这只语言编织的拍子
不承认诗的和你们的。它叛变后

乘上MU747航班
天蓝得那么热烈,像是帮我往
语言的灶膛里又添加了一把干柴
小河涨水,飞机起飞
你们嘀咕这些诗烫手也没有用啊

2016-10-11　乘MU747航班从昆明飞往上海

玻璃上移动的事物中

打着火把,风无形,但有它的边界
然后我的威望重十吨。掏空,搓揉
送到牙龈外围
烹饪把柄以及由把柄衍生而来的虚无
于是凌晨两点也变得扑朔迷离

妖怪唱响了西装最外面的一层纱
鼓动起来,鼓动起来
气球、易燃品,统统归这阵风
黑漆漆地摸索着卷走

大河萎缩像肠子
玻璃上移动的事物中包含两颗小宇宙的精华
大河萎缩像肠子
玻璃上移动的事物中
真的包含两颗小宇宙的精华吗

2016-10-26

翻转

气温急剧暴跌股市倒扣黑锅底
布满油灰、冻结、晶莹发绝望光
两艘大船脱掉裤子狂奔
波涛这个傻子还在滚滚
这个时候就见到立起身子的灯
苦涩,也得拖着悔青的肠子输电照耀
生活在他们腻歪的牙缝里
是一种腐臭之后的罪过
剔着旧日历红肿的牙龈
金色的落叶忽然被他们发觉出美来
一枚枚死去的蜷曲的横陈的尸体
扎出几根光芒
其中有一根透过我的脊椎骨
像烧烤用的铁签翻转

2016-11-21 董浜

细枯黑,暗旋转

花瓣中磁性加热充满,翻箱倒柜
栽葱过小年。腊八上午一屋子黑压压的空旋转
空旋转其实就是暗旋转

细枯黑就是两个不搭界的宇宙
它们互相之间的攻击
所产生的能量,这样的能量充满了我的一切

废气?事实上,那些零星的暗潮
被你吸引,被谎言所干扰
你们读我的诗像个被骗光智商的傻子

你们也正在涂抹着那些该有的一切虚伪
戴着面罩。是的,我正躺在一具庞大的棺材上
看着你们翻转兴高采烈

2017-1-4

冲和碧绿

葱和碧绿正在暗处换枪
带上它癫狂两步骤
实际的伤，在两道沟和三栋楼之间
蒙面发射出红色火焰的星球
吞噬你的模样模样
带着五十四亩无性的那些妖怪
啃桌腿，哈哈哈哈，是的
鞋带缠绕着那个夜晚的灯光
就像午夜里的大街空无一人
但充满了外星球的木头舰队
事实上在两道墙壁和两个刀刃之间
一条伤口活得像一场爱情
这碧蓝的事故总是把我们
赌进一道无底的深渊里

2017-1-4

倒出一地语重心长

蜜汁缠裹,你终将错过你的道路
冷风像针摇晃黑战舰
对着街头狂刺,这一列
哆嗦颤抖星空倒挂
蝙蝠拒绝交易砝码乱成一锅粥
辛辛苦苦推动轮子向前滚去
台阶浮上来绿色幸运藻
砰——熟人像气球
爆破他的往昔
干瘪缠裹,你终将错过你的道路

2017-1-22 南京

双方举着缝

裂开双方又分分合合在对砍
一道语言刚结痂就遇见
新的过年队伍。大军开上斜坡
嗅出碎片状的发展意味着
城市里不再生长旧道德
雾形框铺末冬残阳
几亩胡乱卷起来顺枯走绝地
迎着两刀互相对着冷
每一次"当"垢面露白痴
屋檐象征扛着坏瓦奔走呼号
旷野站列车轰鸣喷距离
像胶水双方举着缝
越来越远卖时间者不知所终
提膝极目已经到处茫茫

2017-1-22　南京

感觉的系统性紊乱

搅一下平地欠着的脏水
投票梳理新流向
边缘石子清晰可见
并不含糊的是雨后这里发出信号强烈的
土腥之气。捉弄故乡带给
城里人一碗细碎玉米糊糊熬粥
剑拔弩张的数字组合
用仰泳抵抗背部大面积虚无缥缈
搅一下平地欠着的脏水里浸泡
多时的历史菜梗一样散出
块状石头根茎长大成山成峰的气息
成为拦住隔夜的光馊掉
也要照进今天的无人空坟
圆表盘里两根金属针玩劈叉游戏一秒一秒
把你们的人生劈得干干净净直到一丝不剩
重新回到搅一下平地欠着的脏水
仿佛鸿蒙又一遍开启陌生人拖着陌生人进化
你一会儿感觉你都在
你一会儿又感觉你都不在

2017-1-23 董浜

于木头而言

斧子劈柴
斧子在木头的截面停住
顺着锐力的方向木头分为两半
斧子不停地劈
木头由一块变成两块
两块变成四块、八块、十六块
越来越小

于木头而言
每一个更加小的自己
都是更加完整的自己
劈到不能再劈
斧子锈掉
无限小的每一块木头
从而都得以成为全部的木头

2017-1-26 董浜

改装之后的言不由衷

肥屋顶一家比一家更新鲜

泥土翻上来排排坐

邻家六只鸡被偷盗贼留下三只

嘴角就飘出干巴巴的微笑

整齐或许是被水泡得发黑的木桩们

现在唯一能够遵守的了

锅不动瓢不响

也是一种风平浪静法

锅不动瓢不响

也是一种死里逃生的幸存法

2017-1-26 董浜

拔腿戳乌鸦

细鸟雀发鸭子嘎嘎的叫
枯老柳煮三级嫩春风
白发顶住新年快乐
陌生人电话抖一抖竹叶要泛青

精致琉璃反射一顿光
虚空里认出来的屋脊上
冒出热蒸汽。锯子斜放
拖几根咖啡红线挂年画

圆拱门。金刚经。大白菜。金刚经
呼噜一声金刚经。金刚经
拔腿戳乌鸦满院贴福禄
圆拱门。金刚经。牛干巴。金刚经

2017-1-26　董浜

烂柿子

烂柿子漂浮在小河里
长出了毛茸茸的白边
风掠过水面时会缓慢旋转
来回移动，像神仙在云端散步无拘无束信马由缰
现在已经开春
想起来这只柿子没有被人吃掉
而是泡在小河里经历了整个冬天
做了柿子中的幸存者
同时也是一个被遗弃者
烂柿子漂浮在小河里
你怎么知道它就不会思考
你怎么知道它就没有情绪
你怎么知道它就一定是烂柿子
万一它就是一个诗人
盯着岸边的我，它觉得我才是烂柿子呢
万一这只烂柿子像神仙一样
看到我，引发了它的胡思乱想呢
万一这只烂柿子
用它的方式，用它的语言写了这首诗呢

2017-1-28 董浜

煮一锅莫扎特

氧气稀薄中送气流兜圈子
面罩越缩越紧洋妞漂浮抓紧
后面椅带往灶膛加入成捆钢琴曲
口鼻处有明显溢出来的音符随即
又顺每秒一万六千转的转速
匆匆阅读盖在死亡后面的褐色蟹脚里的
死故乡和命运密码
颠簸终于开始了水流沸腾
嚣张如波涛滚滚
曲子分解成郑和式船队
煮一锅莫扎特
是为了在虚无中战斗成莫扎特

2017-2-11　乘HO1121航班从上海飞往昆明

外星人研究

每一棵树都是外星人
它们通过根、种子、枝条扦插
以繁殖出另一棵树的方式去旅行
把自己运往别处或
占领地球

2017-2-22 昆明

退缩于一桩预言

阔叶的诗句撑开之后
毛茸茸本身意味着神秘的不同凡响
有人退缩于一桩预言
而存在本身充满不可说

金属轮子淌过天光驻留的午后
细声慢语重新煮沸一锅坏情绪
博大中退订的修养
获得透明的欺骗

对于一池塘固态的忧伤
蛤蟆跑得太远了
也不想在修辞中回过头来
重拾是是非非加持的诗毛和词梗

2017-2-25　昆明

反光轴

欢迎光临,站在自我左脚的悬崖上
看肺腑倒置过后的世界
拥有反光和拥有反光轴的人
在本质上具备了不同的气场
球形叶片蕴藏着比动机更动机的
胎气干扰着坏社会
表格里发生的火灾已经十死四伤
表格已经被烧焦合并单元格
表格里向外喷射热焰
让这首诗再也无法向前奔行
借助作者仅有的一枚反光轴
把右脚的悬崖抬高到和左脚
对应的位置
这是出乎反光轴本身意料之事
但绝对在情理之中

2017-2-25 昆明

配电箱的蓝眼睛也冒假光

潜进什么样事物的内部
红衰竭到什么样的程度
跷跷板才能恢复到平衡

高纬度地区的眼冒金星
随着气压鬼混漆黑一团
这里没有诚意,角落里的静默也是

变戏法的坏人把《史记》的一个章节
就这样轻松地变没了
要是重新回到一楼的配电箱
插进一脚的热带鱼披着黄金
睡袍,蓝眼睛绿眉毛
通通都开始学着冒假光了

2017-3-1　昆明

回过头来的研究

把所有物理方程式施用在
对一滴外来水的拧挤上面
照片中清理出来的巷道通行着
你能想到的全部的穷凶极恶
嗅觉细胞堆积如山地拥成一团
它们绷着脸
像是马上就要废除所有玩笑似的
人间还是一天比一天更人间起来
攻讦还是一天比一天更激烈起来
丑陋还是一天比一天更丑陋起来
美好还是一天比一天更美好起来
所有科学合理的统筹方法
最终都被统筹成新的无意义
从而得以顽固地存活于我们的生命之中

2017-3-3 昆明

按照返航路线翻转

金黄喂养暗中飞行的黑边框
它们刺探着,在血管中凿出新航道
然而,上一届的瘙痒袭击了这里
一切重新变得无意义

丑房子迅速挪到月光下
两种没落合并为一种斩钉截铁的沉沦
扶着栏杆,引力波抚育的胎儿
摸索着挨家挨户给男人装胡须

细枝末节继续按照返航路线翻转着
在一桩新邻居选举运动中
一个池塘被确诊了,仿佛确诊的是
一群扭着腰肢鱼贯而来的他们的列祖列宗

2017-6-18 董浜

不考虑2的感受

1+1=7
6很窝火
心想为什么不是我
便宜都让姓7的小子占光了

2017-7-17　董浜

外星人移民

你们地球上男女本来是没有生殖能力的
自古就没有
外星更高等级的星球
发现地球,作为他们的替代品
若干年来
他们通过高科技手段向地球移民
他们把目的地建立在女人的子宫里

男女交合中子宫打开,移民成功
为什么要移民子宫
从一个星球到另一个星球的物理环境不同
每一个成功的移民都须在女人子宫里
适应地球十个月
分娩之日即是外星移民经过适应期
终于可以在地球上生存的日子

2017-8-23 董浜

小晨光

石头城路浅浅的六点钟
酝酿着。清凉门大街的六点零五分
等待着。纱窗细密的纹路紧扣着
不可再生的凄凉

温热之水浇灌新发茬
在剃光的发条里
重又接续起石头城路浅浅的六点钟
两顶圆弧穿戴上远处高楼

头顶之上是永久的沉默
一直存在从未被施救的巨大隐衷
回放一次瓦片上弹起的冬枣
一粒贯穿另一粒

整理好衣领走进石头城路
浅浅的六点钟抵押进递增的晨光
直到重新抬手整理被风吹翻过的衣领
清凉门大街上大巴驶过车水马龙

2017-9-24 南京

古都秋凉

人们背着大蜗牛而来
孤独求量

熟人骑旧帝王避让
暴雨催促

七点钟为七点零一分亲自上发条
滴滴答答

2017-9-24　南京

进而陡然

桌面向上拱起,钻出岩石的尖顶
盘旋着抬升
灯光照出蛇的影子
把猝不及防的山峰死死捆箍
红烧鲈鱼的海碗被顶翻
原味汤汁溅得到处都是腥味
桌面向上拱起,钻出岩石的尖顶
它把大闸蟹的盘子也拱翻了
说是大闸蟹其实不如说是豆腐干
说是豆腐干其实不如说是炖排骨
说是炖排骨其实不如说是油焖虾
说是……其实不如说是
桌面向上拱起,钻出岩石的尖顶
进而陡然相认
那凭空出现的岩石的尖顶
有人说是秦始皇
而我认为这完全不可能

2017-9-24 南京

在体外醒来

俯视巨型屋顶

空调外机矩阵黑风叶慢旋转

稍高的玻璃顺着斜坡漫溏

大楼更高处远山黑乎乎

满耳轰鸣的嘈杂

拣选不出一根具体清晰的声音条

卵形吊床上正在卸载更深邃的时代一起晃荡

细节起来的视力

可抵达六个不规则碎巷道

也许更多

我在自己的体外醒来

2017-10-17 南京

你和喜剧隔两排

浅冬冲刺,滑向灰楼梯

空荡荡呈叠加态且情绪饱满

在选择题的选项中串供

在选择题的选项中彼此走散

在选择题的选项中孤独,疲惫,累

砖块凌乱堆积

红杠扛着黑杠撤退

它们罹患轻微的逃跑症

矩形之脚从此沦为梯形的不甘

一桩电话窝案中

乐高玩具脓化,变种

进而生成两根羽毛的对吐

赶在恒河沙粒成为佛顶舍利之前

我轻轻说出

你和喜剧隔两排

2017-11-29 南京

在情绪蔚蓝之前

空调戴上瓜皮帽打招呼
别以为窗户是透明的
不黑暗是黑暗的
两束灯光通过自我生长
向顽强的宇宙报告
向一顿虚无的宴席请辞
圆柱形横杆
撑破的不仅是历史
还有养鱼的灯罩

喝醉了想你是正常的
是沿轴线运动的粒子的必然

2017-11-29 南京

纸张边缘强光分强弱

方橱子站着暗影排一排
铝合金嗜睡着发蓝呼吸
在棱角的初冬
想必也会深冬一下
想必过路得先拆桥

伸手抽出来一张牌
翻转腾挪
几个骗子一饮而尽
把人间梳理进大口袋
归大家共同拥有

时间脑溢血
保留了时间的本钱
不再拥有知觉和自理能力
呼吸心跳都正常
只是，纸张边缘强光分强弱

2017-12-2　南京

同样的紫它要紫好几遍

同样的紫它要紫好几遍
九点二十,枝条蹿出钟表盖
九点二十,准时。必须准
九点二十,隔条街望玻璃窗
一点就着。冷空气里也居住习惯性

2017-12-2 南京

我们都要整理好自己的半透明

崖柏和鸭脖猜拳行令
通篇都是电流声在抬杠
那又怎么能记错账
而且还不在一根筋的刻度内
垃圾袋整理好自己的半透明
嗯嗯,非但如此
我们都要整理好自己的半透明
像战争中按时服用子弹的人
醒来。崖柏侧踹了一脚鸭脖
它们结伴的真实目的
就是要把客观性再坐实一点
它们狼狈而笑
它们依此类推

2018-2-2　南京

单独的螺旋桨

单独的螺旋桨在半空失控
死命地晕头转向
给自己反光照明
给自己打气鼓劲
给自己找不到北找依据
单独的螺旋桨在半空搅乱
自己的导航线路
恶狠狠地
给自己找不到北找依据
给自己找不到北找依据

2017-12-4　南京

细节性的海洋是漏洞

一顿往返穿针引线
在需要隧道时,顺手结一粒后果
刷白勇气大于你
午夜忘却叠加态的情欲
过渡性瞬间坍塌

过渡性瞬间坍塌之后
前一粒必然大于后一粒
在汗珠的夹层里
藏匿细节,赊欠反光
我们都失败于一场众所周知的胜利

2017-12-5 南京

推敲

暗流旋转着跃上半空
速度加快,从缝隙里伸出好消息
推敲我。将一个噩梦
五花大绑
兴许是冷的神经线路
勾连着雪景后的枝蔓横生
书桌安置到屋顶
就请用屋顶逻辑
坡道修进河底
就请用河底逻辑
定淮门大桥板着脸
与我不发生瓜葛

2018-1-13　南京

三寸照片爬向黑白

两艘母舰长男儿身
一个站在台阶上,一个经过叶片弹旧历史
吹落一炮口是非
除去充血的螺栓
铁也是锈的生死亲家

地面重新搓着他们
惯用的脚掌
四根线条象征性地站在一起
把他围在恐惧的上游
灰指甲爬上脑门组织暴动

两艘母舰长男儿身
笔垂直降在框外
像书写离婚协议那样
把年月日的样子
搞得不伦不类

2018-6-5　南京定淮门大桥

现在轮到钥匙了

现什么在呢?现什么在
桌子莫比乌斯带状翻滚
门框尽最大努力
从一个极端走向另一个开始
房东就藏在锯齿的凹槽里
吞噬时间。再问一遍吧
也许好处就是现什么在呢

端坐片刻
试试骨骼的自动性能
逼不得已在墙上钻三个孔
于是,整个世界瞬间就多了三个孔

2018-6-6 南京定淮门大桥

鬼联邦

扯布做窗帘遮光
灭灯修桥,瞎子偷渡
鬼和人是平等的
蚊香对苍蝇的歧视
是轰炸机的假慈悲
淡色库蚊、白纹伊蚊、中华按蚊
三带喙库蚊和骚扰阿蚊
一起把家族的祖坟
迁往秦淮河对岸
紫薇树早起过度
在水泥砌的堤道上慢跑
被石头城路流窜的骗子
用一根几公里长的舌头绊了一下
就跌进了另一棵树的体内
鬼联邦的荣辱观
使得悬铃木也不敢小瞧自己体内
睡着的另一棵山核桃
虽然众所周知它喜欢睁一眼闭一眼

2018-6-24 南京

蚊香逻辑

重新下载了一只红马廖的小心思
安装在屋顶。几乎同时
癞蛤蟆也在重装自己的天鹅肉
能够用蚊香逻辑跟我兜圈子的
都是灰烬。也只有灰烬

2018-6-25 南京

三月二日

迈开大步,然后停在原地
小公园三月流狗追逐
野树扎堆,你挂上枝头不眨眼
粗地砖拱着脊背,啊!一棵香樟
噌……噌……蹿高到山顶
于是,草间那些利刃的影子就收缩了一些
再也不敢过分矫情
所有跋扈也归拢着收藏起来
小公园到了晚间九点
终于,不太坐得住了
我记得手心的微汗曾经救赎过我
也淹死过别人

白炽灯下陌生人开始清点多出来的自己

2019-3-2

我还是爱你的

我还是爱你的
就当良心被狗吃了

2019-10-1

又能怎样

气温陡降
阿鑫在理发铺说
该屯白菜过冬了
他说北方的大白菜都塞在楼道里

我整个童年
没见过楼道,大白菜
都只能待在野外的临时地窖里
他问有人偷怎么办

——养狗
……
……
……

唉,和现在一样
在养狗防贼的年代
哪一声犬吠
又不是形式主义呢

2019-11-18

五花肉,平底锅

早上醒来,我问自己
你就是一块五花肉
这么多年
都已经从砧板上
来到这了
现在你才嫌烫
现在你才喊疼
你是什么意思呢

2020-3-9

活着就是一个比方

好似、好比、好像
例如、譬如、就像
如同

2020-3-10

我没说你,我是在说自己

拿起笔
试图写点什么
最后,掸了掸那片空白
合上了本子

拿过手机
试图找个人聊点什么
最后,挨个扫视了一遍通讯录
关掉了手机

打开门
试图出去走走
最后,看着按钮上变化的数字
在电梯到来之前返身回来了

今天的阳光真好
是的,确实很好

2020-3-16

于心不忍

在菜市场选鱼时
它在水盆里看着我
商贩帮我宰杀时
它在刀下看着我
走出菜市场
它就隔着塑料袋看着我
穿过红绿灯,上电梯,开门
清洗时,它在水流中看着我
在锅里翻来覆去烹煮时
它就披着葱姜油盐翻来覆去地看着我
端上餐桌时
它就躺在盘子里看着我
我一块一块吃它时
它就一块一块地看着我
吃完了,收拾餐桌时
它就透过鱼刺和残渣看着我
当我丢掉垃圾回来时
一粒白色的眼珠
遗漏在桌面上
孤苦伶仃地看着我

2020-3-16

你们是不是弄反了

认识的人中,有一些已经死了
我为此感到痛心

认识的人中,有一些还活着
我也为此感到痛心

我想问的是
你们是不是弄反了

2020-4-11

对号入座是你应当享有的基本权利

最近翻字典时发现
有一个字已经坏掉很久了
臭烘烘的

沾染上各种社会习气
变得冲动易燃
口是心非,还不老实

话都不能好好讲了
动辄着急上火
胡搅蛮缠,不可理喻

而且这个字
心里还没点儿数
自我感觉特别良好

要是别的什么字坏掉了
也就坏掉了
我都懒得搭理

关键,这个字从偏旁到部首
从笔顺到释义

怎么看，都偏偏是你

2020—5—17

两半

一只鸟飞起来
把天空一飞两半
一把枪响起来
把生死一响两半
一朵花开起来
把另一朵花一开两半
一个人爱起来
把自己
一爱两半

2020-6-9

我守着所有不重要的

不重要的人
被我重要对待了
不重要的事
被我重要对待了
所以,这么多年
我守着所有不重要的
错过了更多不重要的

2020—6—18

老澡堂子

中国诗坛就是一个
注满温吞水
浑浊不堪的老澡堂子
一个个赤身裸体
跑进去泡够了
留下一身自己的
沾上一身别人的
有些斤两的
会隔三岔五爬到一张台子上
让评论家们一顿搓
没条件的就赤条条地爬上来
有些还记得要用水龙头冲冲
有些根本顾不上
直接就把自己埋进更衣间
那里像公墓一样
早给他们准备好了人手一个柜子
整整齐齐
有名有号

2020-6-27

问是白问,答也白答

婚礼上
新郎和新娘
在那里一问一答
甜蜜
神圣
庄严

很多年以后
(甚至有些新郎和新娘
都用不了那么久)
他们就
懂我的意思了

2020-7-9

镜子从墙上跌下来

照了这么多年
碎了,才发现
一直以来
它竭力帮助我
掩盖真实的自己

人们见到的是修饰过的我
真实的我
全被镜子吃了
它碎了,我在玻璃碴里都看见了
看得清清楚楚

2020-9-21

决定

前面的两行被删去了
现在由
接着写出的第三行
事实上已经变成了第一行
主持这首诗的全面工作

2020-9-26

修灯

而灯已经坏了

脚步声在几户人家围拢的楼道里
停下来,然后是木箱子着地声
这个人爬上去
踮脚,把头伸进天花板上的孔洞

在那更黑的地方
带着眼睛上去说不准
是为了好让自己更像瞎子

反正,每户人家都出了一只眼
透过门上的圆孔
和这个看不见面孔的人

一起修灯

2020-9-29

过桥

女人推一辆空的手推车
上坡
她的专注,让她始终没有
为手推车是空的
而迷惑。她知道,她首先要
翻过这座桥
无论如何,她也要暂时
放下所有别的想法
先这么着,把手推车推过这座桥

2020-9-30

不熟

一大早
他转发了一则讣告
和死者称兄道弟

中午
他转发了一个水滴筹的链接
呼吁大家为走投无路者捐款

傍晚
他转发了诺贝尔文学奖的新闻
说是很符合他的心意

半夜
他发了三根羊肉串和一杯啤酒
他说今年再吃夜宵就是王八蛋

次日一早
朋友圈到处都是他的消息
很多人和他称兄道弟,叮嘱他一路走好

2020-10-8

赛龙舟

水面传来鼓声
呦,来了几个划龙舟的
在岸边坐成一排
奋力划水
动静不小

我在看,他们在划
屁股在岸上,桨在水里
并没有龙舟
他们忽然发出
山呼海啸般的欢呼

然后起身
走向不远处的颁奖现场
自动分成三队
依次
走上了领奖台

2020-10-21

赃物

我承认
我贪污了巨额的光

现在我愿意吐出来
跟你们分赃

因为各种原因
造成的分赃不均

我会通过
终身的努力来弥补

我想让每个人
都能得到该得的那一份光

2020-10-23

瓢虫

在窗框的沟槽里
来来回回地振动翅膀
想飞出来

有那么几次
眼看着就要飞出来了
又跌落回去

沟槽的深度只有两厘米
它看上去却
已然耗尽了全部的力气

我把它轻轻地捏出来
放在窗台上
希望它能好好活下去

2020-10-29

悲剧

当我把一个字写出来
写在纸面上时,总觉得哪里不太对
当我在它旁边再写出一个字
情况似乎有点好转

我继续写了很多不同的字
我写满了一整行
我写满了一整页
写了那么多字去陪着它

现在,我再也感觉不到
当初它哪里不太对了
因为,我连它是哪一个字
都分不清了

2020-11-1

不惑之年

你正端坐在窗口

看手机上不可描述的东西

下午两点十三分,耳朵里忽然

闯进一群眼保健操的口令

吓得你赶紧把手机往桌肚丢

生怕被老师发现

只听屏幕碎裂的咔嚓一声

你才意识到

你已把自己

从童年摔到了不惑之年

2020—11—4

午后

阳光照进来,你从沙发上起身
撅起屁股趴到窗台上

人和人的榫卯结构
视野里的车流、秦淮河、长江水

一起同声传译着
把你煮开

定淮门大桥不停地舒展、翻滚
像沸水中的一片茶叶

2020-11-8

扪心自问

哪个爱情不是人工养殖的

2020-11-17

关系网

关系网和关系网
也有带宽、网速、流量的区别
有人上了网,鸡犬升天
有人上了网,要么网页没有响应
要么自动跳转到别的页面
要么老是掉线

2020-11-18

安静

外面下着雨
一群鸡脚在厨房
排着队
安静地等我给它们剪指甲

2020-11-20

两个姓电的确实没动手

电吹风和梭子蟹是一伙的
蛋壳、酱油瓶和电水壶是一伙的

梭子蟹向蛋壳兜售性经验的时候
被蛋壳和酱油瓶打了一顿

梭子蟹报警
说它被群殴了

警方调了监控才最终确认
两个姓电的确实没动手

2020-11-21

以旧换新

我每天都要把自己关进手术室一次
有时充当妇产科医生
从自己的子宫里掏取一首诗

有时我是主刀手
这里划一刀,那里剜一块
现在,手术室的门又向我敞开

哦,这次推进来一个女人
嗷嗷地等着我的手术
要帮她摘去旧爱情,换副新的

2020-11-24

我从秦淮河里舀走了两桶水

我要不自己讲出来
估计这世上永远也没有人会发现
秦淮河里少了两桶水

2020—11—26

诗

不管你是谁
当你读到这首诗的时候
你应该明白
之前,你阅读到的
被你称为诗的东西
大多是不同程度的文字垃圾
它们除了能够证明作者们
在业已腐败的趣味里
一意孤行之外
没有任何东西是诗的
当你以读诗之名
读到那些你喜欢的诗时
请注意,你越喜欢
诗的含量就越稀薄
当你无以复加地喜欢一首诗时
诗将奄奄一息直至荡然无存
甚至连看上去
像是诗的躯壳和尸首
都不是诗的
它只是某种朽坏的经验的集合

2020-11-30

高铁开到杭州东

高铁开到杭州东
一个女子旁若无人的声音骤然响起
你要把我伤害成什么样子啊
你能不能对我善良一点啊
你是不是非要看见我死在你面前啊
你为什么反而搞得我跟小三一样啊
你说你昨晚跟谁睡在一起啊
你还要我指名道姓啊
你为什么连屁都不放一个啊
……
高铁开到杭州东
所有耳朵都紧张得站了起来

2020-12-13　杭州

新年贺词

一个笔画拖家带口
就变成了一个字
一个字拖家带口
就变成了一个词
一个词拖家带口
就变成了一个句子
一个句子拖家带口
就变成了一首诗
如果一首诗也拖家带口的话
那就说明它正在被很多人读
祝每一个拖家带口的
都能像一首诗那样
和谐，自足，快乐

不一定非得是一首所谓的好诗

2021-1-1

通讯录

手机通讯录中
有死人
有活人
也有不知死活的人
（因为从不联系
也看不到任何消息）
我每次同里面的活人联系
都像是在墓地里
和上坟人之间的寒暄

2021-1-15

信中

不知道是谁
把一匹马儿
拴在信中

这封信的每一个字都长草了
马儿就吃那些草
等草吃尽了

马儿就读信
信的内容
令马儿摊开四蹄

它只能在信中躺着
起码,得等这些春药一样的字
药劲过去了再说

2021-1-16

当我看你时

这么多年来
我吃了许许多多
鱼的眼睛
虾的眼睛
鸡的眼睛
鸭的眼睛
鹅的眼睛
猪的眼睛
牛的眼睛
羊的眼睛
……
当我看你时
所有的眼睛也都
在我里面
顺着我的目光
看你

2021-1-17

私有财产

今天是腊月初六
我在窗口剪指甲
你不能看见我
但你能看到我刚刚剪掉的那一截
现在,它就在天上
做你的月牙

2021-1-18

纯金之诗

这首诗含金量100%
是24K金
读不起的就不要读了
也不要问东问西
读得起的请自觉买单

2021-1-21

公交车

公交车上
除了最后一排高出来很多的座位空着
其他的都已坐满

关门前赶上车的最后一个乘客
只好走向最后一排座位
居中,正对着过道坐下

也许,公交车就是一个座椅装反了的朝堂
最后一名乘客正是那
穿过百官阵列走向龙椅的帝王

2021-1-23

爱情会发生在什么人身上

把自己率先点着的人

2021-1-24 八巨

我理解的爱

你举起枪
瞄准我
甚至还未来得及扣动扳机
而枪响了

我不是你的猎物
这一声枪响
是我自己
扣动的扳机

2021-1-27　八巨

阳光照在我床上

如果阳光再好一点
我就谈恋爱
如果月光再好一点
我就写情书

如果风再大一点
我就把情书给你刮过去
如果下雨了
我就哪儿也不去

我就下在你窗前

2021-1-28 八巨

路灯

乡下的路
都装上了路灯
天一黑就亮了
可是
整宿整宿
都照不到一个人

2021-2-1　八巨

不赚钱

南瓜是在你喊它的那一刻开始才叫南瓜的
你也是在饺子开心裂了之后
才见到韭菜和鸡蛋的
我真要喝起酒来,在喝之前
你必看到,酒在杯中簌簌发抖
爱也一样,我告诉你
爱是没有钱赚的

2021-2-2 八巨

无视

一群鸭子
争相把头伸到水下啄食河底烂泥
浅水塘一会儿就浑浊了
两只鹅从远处游来
经过它们
用脚隔着浅水在河床上点了几下
就游了过去
甚至都没正眼瞧一下那群鸭子

2021－2－4　八巨

屋顶

站在二楼的露台
可以完整地看到
旁边老宅红瓦的屋顶
1993年夏天
父亲爬上雨后的屋顶
去寻找漏雨的地方
准备换掉坏瓦
我眼睁睁看着他
被屋顶的青苔滑倒
摔了下来
后脑着地

今年,是我第二十八年给他上坟了

2021-2-4 八巨

两条船靠在一起

船船

2021-2-7 八巨

关于未来

又一头猪出生了

它跟着母亲和一群兄弟

无忧无虑地生长

(它不过生日,也没有猪记得它的生日)

大些的时候

它和母亲分开

住上新的猪舍

每天过着小康生活

无所事事吃吃睡睡

它就这样活着

甚至都不知道未来是什么意思

2021-2-8 八巨

那些终于能够相爱的人

两个人向彼此无限接近
不可避免地要与命运摩擦
冒着火花,发出亮光
大多数在冲向彼此的途中
燃烧殆尽

那些终于能够相爱的人
都是幸存者
都是落到对方面前尚未燃尽的陨石
那些终于能够相爱的人
都是:一块陨石拥有了另一块陨石

2021-2-9 八巨

笃定

任何人到北京去
都不应该是找我的
因为我不在那里

2021-2-13　八巨

灯里住着一家人

很难想象
一家人就住在LED的灯罩里
当我打开灯罩准备清洗的时候
看到了它们的尸体
都已经风干了

里面有一个是绿头苍蝇
我也默默地把它们
弄在一起,就当它们是一家人
我没有办法弄清楚它们之间的关系
毕竟死是不讲究这些的

2021-3-7

水的保存方式

所有的水都往海里流
流到海里
就被腌起来了
腌起来不会坏

喝下去的水
有一部分也被腌起来了
伤心的时候就取一点
哭多少就取多少

2021-3-15

不朽

为了帮艺术家哥们
把猪心做的作品泡起来防腐
我去医院疼痛科搞福尔马林
医生朋友在我
农夫山泉的空瓶子里
装了满满一瓶

回来时，我在路边等车
等得口干舌燥
习惯性地拧开瓶盖
咕咚咕咚喝了几大口之后
发觉味道不对劲
猛然回过神来

冲回去找医生
他让我去水池漱漱口就没事了
我将信将疑
他认真地说
这不是很好吗
你现在不朽了

2021-3-17

一个可怜的朋友

被她自己的鼻子
吃掉了
先是吃了周围的脸
然后是嘴、眼睛、额头
脑袋、脖子
然后是上半身、下半身
脚是最后被鼻子吃掉的
现在鼻子被撑得很大
鼻孔里正在往外吐骨头
不知道为什么会这样
只是听说
她的鼻子太漂亮了

2021—3—22

女合精

先是在树上垒窝
然后男喜鹊和女喜鹊在里面同居
接着女喜鹊下蛋了
下了一窝女合精材质的蛋
蛋孵化出来了
一群女合精材质的小喜鹊
叽叽喳喳
在树枝上跳上蹿下
其中的一只屙了一泡屎
无巧不巧地砸中了
经过树下的婴儿车里
刚出厂不久的小女合精
同样都是女合精产品
一个人牌的,一个喜鹊牌的
因为一泡屎
就建立了微妙的关联

2021-3-25

烧烤

她语速飞快
没过几分钟
嘴里就开始火花四溅
后来终于
在发飙过程中
起火了
哪一句先着的,就搞不清了

反正,这场小型火灾
把她的嘴烧焦了
喷出的话
堆积在她面前
如果你吃这一套的话
这些就是滚烫的烧烤
每一句都不重样
有荤有素
保不准一句比一句好吃

因为温度过高
她的舌头、嘴唇
黑乎乎地黏在一块
齿缝里往外冒白烟

鼻孔里往下滴鼻涕
如果你觉得咸
可以让她少滴一点

2021-3-26

酒局

他们往酒里掺杂了不少东西
家长里短
鸡零狗碎
恩恩怨怨
是是非非
虚头巴脑
牛气烘烘
所以,我
一喝就上头

2021-3-29

蚊子

消失半年的蚊子回来了
听声音就知道
是来找我的

当它终于在黑暗中找到我
并顺利地躺进我的掌心
我才觉得怪可怜的

它太不容易了
除了我的血
就再也没有别的什么东西了

2021-4-2

飞

我在天上飞
所有的鸟都不认得我
以为我也是鸟

很多人在天上飞
他们都不认得我
但我看出了他们的鸟样

地上有人被鸟屎砸中
很大概率
是人为的

因为,在很多时候
鸟是好鸟
人未必是好人

2021-4-3

要不然的话

她说她找到了真爱
她说他有钱有才有貌
她说他善解人意宽容大度
她说他不介意她好吃贪睡
她说他不让她做任何家务
长胖了，也不要求她减肥
她说他没有男人身上的任何臭毛病
她说他是这个世界上最完美的男人没有之一
她说这是她上辈子修来的福气
她说他为她举办了盛大的婚礼
她说她感动得号啕大哭
她说婚礼上他宣誓的时候很动情
她说她能感觉到他那颗24K纯金的真心
她说在每一个宾客艳羡的目光里
她幸福得像个至高无上的女王
她说她在喝交杯酒的时候被尿胀醒了

2021-4-13

意外

砰的一声
失手打碎了
我说的不是爱情
但你
可以理解为爱情

2021-4-21

练习做人

废墟上的门
被推开
进来一只松鼠
它忘记了关门
然后每天
蟑螂
老鼠
鬣狗
蚂蚁
进进出出
在人不像人的世界
它们还在练习做人

2021-4-24

这首诗

你很难绕过这首诗
得到你想要的
你面对热恋情人
往上凑正要亲嘴时
砰的一声
额头撞上了这首诗
顾不得痛
你不信邪
伸手要抱住她
这首诗冷冰冰地挡住了你
你气得想关掉这首诗
按钮失灵了
想忘掉这首诗
它已经刻在记忆里
你想死都死不掉

你休想绕过这首诗
得到你想要的
你不必憎恨这首诗
它只是好心地提醒你
你正活在你不想要的时代里
它懂你的不易

但也只能这样了
它甚至都不需要你的同意
就已经是你的宿命了

2021-4-29

它们把我漏得到处都是

是的我汹涌了
我正汹涌着
好想有一首诗
能够兜住
我的汹涌
可惜
我试了好几首
都没能兜住
它们把我漏得到处都是

2021-5-3

小青年

下雨了
几只苍蝇
停在窗台上躲雨
看上去它们还是小青年

楼下路对面的垃圾站
应该是它们的家
雨没停
它们回不去了

窗户留了一条透气的小缝
它们发现后
都爬进来了
谁也没把自己当外人

2021-5-5

只要是诗

只要是诗
终有一死
只是
有些诗活得长
有些诗活得短
而已
长生不老的诗
是不存在的
有些诗
天生为了别的诗而活
有些诗
不等到写出来
就已经胎死腹中
有些诗生不如死
有些诗死而复生
有些诗不是诗
有些诗太像诗

2021-5-16

去谈一场恋爱吧

可以从分手开始
倒着往回谈
从爱无力
谈到爱频爱急爱滴白爱不尽
继续往回谈
谈到两个陌生人
午夜碰头喝完一瓶红酒之后
再也没相见

2021-5-17

你就是我给这首诗安装的监控

标题和正文闹掰了
以第一行为首的内容
对标题大打出手
因为下手过重
一不小心
直接把标题打死了
所有内容四散逃窜
隔壁的一首诗报了警

标题在抢救过程中
已无生命迹象
我对逃窜的诗句
展开了抓捕行动
读取过这首诗的所有监控
我会一一调取
请你做好准备

2021-5-18

不速之客

两个人撞在一起了
像两辆满载的车撞在一起
洒了一地
两个人变成一个人
两辆车变成一辆车
他们把满地的东西收拾在一起
他们声称要好好地走完这条路

两个人撞在一起了
像两辆满载的车撞在一起
洒了一地
两个人变回了两个人
两辆车变回了两辆车
他们把满地的东西挑挑拣拣
重新装满各自的自己
他们声称要各奔东西

两个人分分合合
有时候撞了还能修修继续走
有时候撞了就报废了
两个不速之客
没有爱情的时候各走各的

有过爱情以后

很有可能是两堆废铁

2021—5—28

我们都要当心

诗人多的地方少去
那里很危险
诗人多的地方
既没有诗
也没有人

2021-6-9

珍惜

珍惜你的房子呀
珍惜你的房子
赶走它,你便露宿在人间
是的,整座城市
都被搬空了

珍惜你的门呀
珍惜你的门
它从里面打开了
就不会
再从外面被打开

珍惜你的不耐烦呀
珍惜你的不耐烦
城市里到处都是房子
千疮百孔地亮着
又有什么用

2021-7-10

微波炉

爱是有的
但,现在用尽了
微波炉空转着
等到叮的一声响起
你打开对话框
里面是空的
我没什么需要加热的了

2021-7-20 澳门

表白

亲爱的
你就是我的心头肉
里脊肉
臀尖肉
五花肉
夹心肉
前排肉
奶脯肉
弹子肉
脖子肉
凤头肉
眉毛肉
门板肉
盖板肉
腰柳肉
前腿肉
后腿肉
猪头肉
猪蹄膀
猪下水

2022-5-20

上坟

你在我心里
早死了
每次你来见我
都是在给你自己上坟

2022-6-25

新他

她用爱情
又强行锯开了一个新他

不久新他又烂了
爱情也锈了

再用的时候
她又得用锉刀锉好久

2022-7-8

搬家

书籍衣物被褥家具
桌椅板凳电器杂物
统一装箱
搬家公司
动用了一大堆工人
肩扛手提
平板车上下倒腾
花费了整整一天
才把它们从楼上运到楼下
装车出发
去往夜心里的目的地

而我只用了几个句子
就完成了一次搬家

2022-7-13

两不耽误

男女双方配合默契
朝九晚五地忙
一边动员亲朋好友
帮忙物色
安排见面
一边积极注册各种婚恋网站
参加各种相亲活动
他们彼此信任
互相支持
帮对方张罗,为对方打气
他们约定好了
等双方都找好下家
就立即离婚

2022-7-18

洒水车

洒水车也想有自己的爱情
找一棵喜欢的花花草草
成天围着她转
把全部的水都给她

2022-7-22

中秋帖

一个人驾舟
在秦淮河里
游荡
凿壁偷光
既偷旁边
也偷前后上下
偷历史
偷时间
偷命运
也偷情
一个人驾舟
在秦淮河里游荡
他可以是谁
他就能是谁
每一滴水托举着他
成全着他
载着他
每一滴
都熟
都是朋友
他把自己的影子
铺在秦淮河里

铺满了以后

他就在影子里游荡

他可以不用死了

每一滴秦淮河的水

都不允许他死

满月照着他

满地都是光

满月是来找他还债的

一个人驾舟

在秦淮河里游荡

他是来收债的

我写他是给他还债

你读他是给他还债

一个人驾舟

在秦淮河里游荡

他可以是谁

他就能是谁

当他是我时

我就是还给他的债

当他是你时

你就是还给他的债

一个人驾舟

在秦淮河里

游荡

秦淮河就是还给他的债

一个人驾舟

在秦淮河里游荡
一个人
真的驾舟在游荡吗

2022-9-10

台风天

你醒来
像一颗星球那样
睁开眼睛
当你离开独居的屋子
汇入大街上的人流
就开始参与了
集体性的自转和公转
台风在宇宙里刮起
经过人间
强行改变了
很多人的自转轨道和公转轨道
你看到一堆盲目的
不知名的星球
在大街上
徒劳地转动着
他们看你
亦复如是

2022-9-15

桥

它才几岁
就受不了踩踏
在一个月黑风高的夜晚
站起身子
一走了之
人们从源头一直找到入海口
找遍了整条河
再也没找到它

2022-9-16

电梯原理

到井里打水
桶放下去
装满
扯出来倒掉再放下

叮,门开了
一群水货涌进去
叮,门开了
一桶水货倒出来

2022-9-17

斑鱼狗

爱着爱着
就爱不下去了
爱着爱着
爱就开始打滑了
雄的和雌的都不是东西

早晨的时候
两只斑鱼狗还结对飞过窗口
不到中午的时候
再经过窗口
就剩孤零零的一只了

飞回那只是雄的
胸口有两条黑色胸带
没回那只是雌的
胸口有一条黑色胸带
她悄悄飞去相亲了

2022-9-21

仅有的权利

就是单纯地困了
睡一会没碍着谁吧
就是单纯地冷了
添件外套没碍着谁吧
就是单纯地痒痒
挠几下没碍着谁吧
就是单纯地扛不住了
独自哭一场没碍着谁吧
就是单纯地疼
喊了出来没碍着谁吧
就是单纯地累了
坐在马路牙子上歇会没碍着谁吧
就是单纯地穷
省吃俭用没碍着谁吧
就是单纯地自尊
不想被可怜没碍着谁吧
就是单纯地听腻了
闭上了耳朵没碍着谁吧
就是单纯地想躺平
不愿去争没碍着谁吧
就是单纯地想想
思考了一下没碍着谁吧

就是单纯地看不下去了
有点情绪没碍着谁吧
就是单纯地不关心别人关心的
面无表情没碍着谁吧
就是单纯地厌恶
不想与你们为伍没碍着谁吧
就是单纯地想活着
不去找死没碍着谁吧

2022-10-7